Gertrudis Gómez de Avellaneda

La velada del helecho
o el donativo
del diablo

Barcelona **2024**
Linkgua-ediciones.com

Créditos

Título original: La velada del helecho.

© 2024, Red ediciones ediciones S.L.

e-mail: info@linkgua.com

Diseño de cubierta: Michel Mallard.

ISBN rústica: 978-84-96428-00-3.
ISBN ebook: 978-84-9897-086-9.

Sumario

Brevísima presentación

La vida

Gertrudis Gómez de Avellaneda (Camagüey, 1814-Madrid, 1873). Cuba. Era hija de un oficial de la marina española y de una cubana. Escribió novelas y dramas y fue actriz. Estudió francés y leyó mucho, sobre todo autores españoles y franceses. Tras una corta estancia en Burdeos, vivió un año en La Coruña y después en Sevilla, donde conoció a Ignacio Cepeda, con quien tuvo un romance. Por esta época ejerció el periodismo y estrenó su primer drama. Su creciente prestigio literario le permitió establecer amistad con Espronceda y Zorrilla. Poco después se casó con Pedro Sabater, quien murió unos meses después.

Tras un retiro conventual, la Avellaneda volvió a Madrid y, entre 1846 y 1858, estrenó al menos trece obras dramáticas. Hacia 1853 quiso entrar en la Academia Española, pero se le negó por ser mujer. En 1855 se casó con el coronel Domingo Verdugo, conocida figura política que en 1858 fue víctima de un atentado. Más tarde éste fue nombrado para un cargo oficial en Cuba. Entonces la Avellaneda dirigió en La Habana la revista Álbum cubano de lo bueno y de lo bello (1860).

Su marido murió en 1863 y ella se fue a los Estados Unidos. Estuvo en Londres y París y regresó a Madrid en 1864.

Durante los cuatro años siguientes vivió en Sevilla. Utilizó el seudónimo de La peregrina.

La presencia del Diablo

La Velada del helecho es un relato inspirado en una leyenda suiza:

—No sé —dijo entonces Keller sentándose enfrente de su ilustre huésped—, ni creo que pueda nadie saber, desde qué tiempo data precisamente la popular creencia, cuyas particularidades desea conocer su señoría; así como tampoco podríamos decir su origen: lo cierto es que de padres a hijos se ha transmitido durante muchas generaciones, y que, según ella, es cosa notoria que la víspera de mi glorioso patrón, cuando se cubren de helecho —planta hija de las sombras y de la humedad— los bordes del precipicio que llaman los de la tierra camino de Eví, precisamente a la mitad de la noche aparece en aquel lugar el mismo Satanás en persona, y mediante ciertas condiciones enriquece cada año a aquel o a aquellos que se encuentran velando el helecho en un paraje cubierto todo por dicha planta.

—¿Y no se sabe cuáles son las condiciones que impone el diablo a los que alcanzan sus donativos? —preguntó el barón que parecía tratar con serenidad e interés aquel asunto, ridículo probablemente a juicio de nuestros lectores.

—Solo se dice —repuso Juan Bautista—, que la persona agraciada debe hallarse completamente sola y en profunda oscuridad, y no falta antes quien asegurase que el demonio exigía además se le entregase un papel, y que en aquel papel escribía, para hacerlo constar a su debido tiempo, la compra que hacía de aquella pobre alma.

I

Al tomar la pluma para escribir esta sencilla leyenda de los pasados tiempos no se me oculta la imposibilidad en que me hallo de conservarle toda la magia de su simplicidad, y de prestarle aquel vivo interés con que sería indudablemente acogida por los benévolos lectores (a quienes la dedico), si en vez de presentársela hoy con las comunes formas de la novela, pudiera hacerles su revelación verbal junto al fuego de la chimenea en una fría y prolongada noche de diciembre; pero más que todo, si me fuera dado transportarlos de un golpe al país en que se verificaron los hechos que voy a referirles, y apropiarme por mi parte el tono, el gesto y las inflexiones de voz con que deben ser realzados en boca de los rústicos habitantes de aquellas montañas. No me arredraré, sin embargo, en vista de las desventajas de mi posición, y la historia cuyo nombre sirve de encabezamiento a estas líneas saldrá de mi pluma tal cual llegó a mis oídos en los acentos de un joven viajero, que tocándome muy de cerca por los vínculos de la sangre, me perdonará sin duda el que me haya decidido a confiársela a la negra prensa, desnuda del encanto con que su expresión la revestía.

Era la víspera del día en que solemniza la Iglesia la fausta natividad del precursor del Mesías. El Sol iba a ocultarse detrás de las majestuosas cimas del Moléson y del Jomman (en español Diente de Jaman), magníficas ramificaciones de los Alpes en la parte occidental de la Suiza, y la pequeña y pintoresca villa de Neirivue, situada a alguna distancia de las orillas del río Sarine en el cantón de Friburgo, presentaba en aquella tarde el espectáculo de un movimiento inusitado entre sus pacíficos moradores. La causa, sin embargo, no era otra que el estar convidados una parte de ellos, que en la época de nuestra historia no llegaban a doscientos, a pasar la velada en la casa del rico ganadero Juan Bautista Keller, poseedor del más grande y hermoso Chalet (o casería) de cuantos se conocían en Neirivue, el cual celebraba en él todos los años, en compañía de sus amigos, la noche que antecede a la festividad de su glorioso patrón.

Los viejos del país, que podían atestiguar la antigüedad que tenía en él la costumbre de solemnizar la mencionada noche con una alegre velada, acudían gozosos a tomar parte en la fiesta del espléndido Keller, que en tales circunstancias ponía a disposición de sus convidados los más exquisitos productos de su quesera, y los mejores vinos de Berna y de Friburgo. Los mozos, por su parte, no desperdiciaban la ocasión de ir a solazarse un poco de las fatigas de sus diarias faenas, animado además, cada uno de ellos con la lisonjera esperanza de merecer la dicha de bailar con la joven Ida Keller, que no era solamente una de las más ricas herederas del lugar, sino también la más apuesta y gentil doncella de cuantas pudieran encontrarse en muchas leguas a la redonda. A pesar de esto era tan modesta y tan amable la hija de Juan Bautista, que la querían de todo corazón sus compañeras, y andaban también muy listas en ir a felicitarla por el santo de su padre, ataviándose por tan plausible motivo con sus galas de los domingos.

Veíanse, pues, circular por las calles de la humilde población, dirigiéndose de todas partes al Chalet de Keller, bulliciosos pelotones de zagalas y pastores, entonando a coros aquellos cantos particulares de su país, cuyo mágico poder sería probablemente nulo para los oídos del extranjero, si no conociese de antemano ser tan grande el que ejerce sobre los naturales, que, según nos han hecho saber el elocuente autor de la nueva Eloísa, hubo que prohibir, bajo pena de muerte, que se tocasen aquellas melodías llamadas Ranz de las vacas entre los soldados suizos, a causa de ser tan enérgica y profunda la impresión que hacían en ellos, que desertaban para volver a su patria, o morían de dolor por no poder verificarlo.

La siempre limpia casería del opulento ganadero ostentaba aquel día las señales del extraordinario esmero con que procuraba la bella Ida hacerla más agradable y digna de los regocijos de que iba a ser teatro. Hallábase construida aisladamente a las orillas de un arroyuelo formado por parte de las aguas del torrente de Hongryn, que después de perderse entre las villas de Allières y Montvon vuelve a aparecer cerca de la Neirivue, cuyo nombre toma, andando para ello cerca de legua y media por un canal subterráneo.

Lo exterior de aquel sencillo edificio de madera no ofrecía nada que notable fuese, mas cuando se traspasaban sus humildes dinteles, echábase de ver que no carecía en él su dueño de ciertas comodidades, no comunes en los Chalets, que no consistían generalmente sino en cuatro extensas paredes de madera formando un cuadro, con techo de tablas sobrecargado de piedras para servir de abrigo en el mal tiempo a los ganaderos y a sus reses, que se aposentaban juntos en maravillosa armonía.

Distinguíase el de Keller tanto por la mayor solidez de su construcción, como por su capacidad y buen arreglo. Constaba como los otros de un solo piso bajo, pero suficiente para prestar alojamiento a los varios pastores que empleaba Juan Bautista en la guarda de su numeroso ganado, teniendo además un espacioso departamento reservado para el propietario, y que será el único de que hablaremos, por ser el destinado a servir de punto de reunión a los convidados a la velada de San Juan. Componíase, pues, dicha parte de la casería de dos salitas cuadrilongas, de las cuales una estaba señalada el día a que nos referimos para la recepción de los convidados, y la otra para las mesas en que debían disfrutar más tarde la agradable refacción que se les preparaba. Servían de ornato a las paredes de la primera varias cornamentas de gamuza, que indicaban no ser Keller menos buen cazador que ganadero; confirmando la verdad de dichas señales los grandes cuchillos de monte que alternaban con aquellas, y las escopetas que en unión con gruesos garrotes de agudas y férreas puntas (indispensables a los que transitan por los Alpes), se veían hacinadas debajo de las altas rinconeras clavadas en los cuatro ángulos de la sala. Dos largos bancos de pino se extendían por dos testeros de ésta, y una monstruosa mesa de encina que ocupaba otro, y algunas sillas de haya agrupadas cerca del hogar enfrente de aquélla, completaban el mueblaje que tenía por exuberancia la añadidura de cuatro figuras de aliso hábilmente labrado, representando a la Santa Virgen, al bienaventurado San Juan Bautista, al glorioso apóstol San Pedro y al bendito San Nicolás, que es objeto de especial devoción entre los friburgueses. Se ostentaban las mencionadas efigies sobre las rinconeras de encina, entre jarrones de flores agrupadas con tal arte y variedad de colores, que demostraban haber andado en ellas la delicada mano de Ida Keller.

A pesar de la buena disposición de su Chalet, el ganadero era bastante rico para no vivir en él, y había hecho construir en el centro de la villa una linda casa de dos cuerpos, en la que se daba la importancia de un señor feudal, si bien conservando siempre a su Chalet el exclusivo privilegio de servir de teatro a las campesinas fiestas de la víspera de su santo.

La tarde era serena y el Sol acababa de desaparecer, dejando coronadas las montañas con brillantes aureolas de sus últimos rayos, cuando los convidados de Keller comenzaron a llegar al Chalet, que al punto fue iluminado con numerosas rachas de viento, sembradas en las márgenes del arroyo, y por grandes faroles que se encendieron en lo interior de la casa. Juan Bautista, con un aire de hospitalidad verdaderamente patriarcal, salió al encuentro de sus huéspedes, mientras que su graciosa hija, puesta de pie en el umbral, tendía por todos los grupos que se aproximaban anhelantes miradas cual si intentase distinguir algún objeto, que sin duda no logró encontrar, pues exhalando un largo suspiro se adelantó enseguida a recibir a sus alegres compañeras con una sonrisa que tenía algo de forzada y melancólica.

En breve fue tan numerosa la concurrencia, que hallándose apretados en la pequeña sala del Chalet y viendo la serenidad del tiempo, corrieron los jóvenes de ambos sexos a esparcirse y a bailar a las orillas del arroyo; mientras que las personas de edad madura tomaban posesión, en fuerza del hábito, de las inmediaciones del apagado hogar.

A los sonidos del tamboril y la zampoña, que tocaban dos pastores, la bulliciosa tropa juvenil comenzó a bailar con creciente vigor; pero Ida continuaba distraída y displicente, negándose a tomar parte en el baile por más que la invitasen a porfía los mejores mozos de la reunión, y que le diesen incitantes ejemplos de compañeras. Sin embargo, quien la observase atentamente hubiera notado poco después iluminarse de repente su mirada con la inefable expresión de la esperanza; mientras sus oídos parecían atender con la vigilancia de un perro a cierto leve rumor que apenas se podía percibir entre el ruido que armaban los bailadores; y también habría echado de ver que una sonrisa deliciosa vagó fugaz sobre el carmín de sus labios en el instante en que vino a interrumpir momentáneamente la danza pastoril la aparición de un nuevo personaje.

Era éste un joven como de veintidós a veintitrés años, delgado, esbelto, de estructura nerviosa, con hermosos ojos y rizados cabellos oscuros, tez fina y pálida, y manos cuya blancura indicaba no pertenecer a un hombre consagrado a los trabajos del campo.

—¡Arnoldo Kessman! ¡Arnoldo Kessman! —exclamaron al verle los circunstantes.

—¡Que baile con Ida! Sí, que baile con Ida —repitieron, aunque de mala gana, los mancebos.

El recién llegado obedeció presentando su diestra a la hermosa hija de Keller, que no se negó esta vez a tomar parte en la danza: no, empero, sin decir antes a su pareja con tono de reconvención:

—¡Sois el último que habéis venido, Kessman!

—Ya sabéis que soy un verdadero esclavo, Ida —respondió el joven al conducirla—: os he dicho cien veces que estoy sujeto al hombre más astuto e intratable de la Helvecia.

—¡Oh! ¡Salid de su casa! Dejad a ese rudo conde de Montsalvens —repuso la doncella—, ¿os parece justo que no podamos vernos sino cuando su capricho lo permite?

El joven suspiró, pero no contestó palabra porque la danza se comenzaba en aquel momento. Mientras ella dura quiero dar algunas noticias a mis amables lectores respecto al individuo cuya presencia ha disipado los enojos de la linda Keller, y del otro que parece haber sido causa de la tardanza que diera origen a aquellos.

No era ciertamente la época de nuestra historia de las más prósperas para el feudalismo, en la antigua Helvecia sobre todo; pero hay que advertir que el lugar que tenemos por especial teatro es precisamente el que conservó por más tiempo el sello de aquel sistema.

Corrían los primeros años del siglo XV, y no se contaba todavía Friburgo entre los cantones emancipados, cuya confederación aún no estaba consolidada con las victorias de Grandson y de Morat, obtenidas a mediados del mismo siglo. No se preveía entonces aquella próxima ruina del poder de Borgoña, ni menos se contaba con los repetidos desastres que habían de forzar poco después al emperador de Alemania a renunciar a sus derechos y a celebrar la paz con la Suiza. Los friburgueses, constantemente agradecidos a los privilegios que les concediera Rodolfo de Hamburgo por los años de 1274, se mantenían fieles y adictos a la potestad del Austria, fidelidad en que preservaron en medio del contagio de tan opuestos y victoriosos ejemplos hasta que en 1450 la misma Austria tuvo a bien eximirle de sus juramentos.

Así, pues, aunque el feudalismo hubiese comenzado a caer en Helvecia desde el siglo XIII; aunque las cruzadas disminuyendo las familias privilegiadas, favorecieran el desarrollo de las ciudades, y que la triunfante insurrección de Uri, Schwytz y Unterwalden, en 1308, hubiese dado un golpe mortal a la nobleza, ligada con el Austria en contra de ellos; ni esto ni los nuevos levantamientos que se sucedían rápidamente, siempre coronados con el triunfo, habían podido destruir el prestigio de las casas aristocráticas en el cantón de Friburgo, que leal por excelencia en aquella época dio repetidas muestras más tarde de su decidida inclinación a la oligarquía. El feudalismo, pues, amenazado por todas partes, y muchas completamente hundido, declinaba con gran lentitud en aquel lugar, y hallaba en él una seguridad que en vano hubiera buscado en ningún otro de la antigua Helvecia, que tomó el nombre de Suiza desde el sangriento bautismo de Morgarten.

Entre los grandes señores, cuyos dominios se hallaban en Friburgo, uno de los más ricos e ilustres, después de los condes de la Gruyere, era el de Montsalvens; y al poseedor de aquel título en el año de nuestra historia servía en clase de paje Arnoldo Kessman, que, como ya han podido adivinar nuestros lectores, es el amante preferido de la bella Ida Keller. Según se decía entre las gentes de Neirivue, pertenecía aquel joven a una familia noble, aunque no legítimamente, y era tan pobre que nada poseía en el mundo sino la protección de su señor, de la cual, a decir verdad, poco podía esperar atendido el profundo egoísmo que caracterizaba a aquel personaje. Pero Arnoldo vivía en su castillo desde los primeros años de su vida, y aunque debía ser forzosamente infeliz en la dependencia de un hombre tan rudo como lo era, según la opinión general, el conde Montsalvens, el pobre joven a quien amenazaba la indigencia, aceptaba agradecido el amargo pan que se le concedía bajo aquel techo inhospitalario.

Instruidos ya los lectores de estas no insignificantes circunstancias, volvamos a buscar a la juvenil cuadrilla que acababa de terminar su prolongada danza.

—¡Arnoldo! —decía un robusto mocetón, que veía con envidia las preferencias que aquel alcanzaba de la bella hija de Juan Bautista, y que deseaba probar ante ésta la superioridad de su propio mérito, graduado por él según la extensión de las fuerzas corporales—. ¡Arnoldo! ¿Queréis luchar conmigo? aquel que derribe a su contrario tendrá derecho de estar toda la velada cerca de Ida Keller.

—Forma un talle como el mío cada uno de vuestros brazos, Gerster —respondió el provocado—; pero no importa: lucharé con vos si lo permiten estas beldades.

—No por cierto —dijo Ida asiéndose de uno de los brazos de su amante—. Mirad, amigos, el cielo se va oscureciendo mucho, y viene de las montañas un viento desagradable. Os ruego que volvamos al Chalet, donde ya debe estar preparada la frugal colación en que tenéis la bondad de querer acompañarnos.

—Tiene razón Ida —dijo otra de las doncellas—: ¡estaba tan hermoso el tiempo hace un momento!... ¡Kessman! —añadió riéndose—, habéis traído con vos la tempestad.

—Es que la llevo siempre en el corazón —dijo Kessman en voz baja a su bella compañera, y empezó a andar con ella en dirección al Chalet, siguiéndolos en pelotón toda aquella gente turbulenta, que inundó con un torrente el hasta entonces pacífico recinto en que platicaban las personas sensatas.

Habían discutido sin alterarse sobre los precios de los cereales en aquel año; graduado la exportación de quesos que tuviera Friburgo; y aun entraban ya en la enumeración de las arbitrariedades y rapiñas del gobernador austriaco, a quien cordialmente detestaban a pesar de sufrir pacientemente su yugo, cuando se vieron de pronto interrumpidas sus importantes conversaciones por la bulliciosa tropa que invadió sus dominios y desterró de ellos para siempre toda esperanza de calma. En balde los más ancianos, que son por lo común los más tenaces, intentaron repetidas veces reanudar el roto hilo de sus agradables pláticas; imposible era entenderse en medio de la algazara de la joven cuadrilla que intentaba continuar en la sala el baile comenzado en el campo, y para acallar a unos y disipar el enojo de otros, Juan Bautista creyó lo más prudente anunciar en alta voz que iban a dar las nueve, y que le parecía conveniente pasar a la otra sala donde la refacción los esperaba.

Nadie oyó con disgusto tan halagüeña invitación y en un instante se vieron sitiadas por todos lados dos largas mesas, colocadas paralelamente en medio del cuadrilongo que formaba el nuevo recinto, las que, cubiertas por blancos manteles, ostentaban a porfía los más ricos quesos del país y las más exquisitas mantecas, alternando con promontorios de sazonadas y diversas frutas, y flanqueadas por anchas ánforas llenas de vino, y por cestillos de mimbres atestados de tortas de cebada amasadas con manteca, y de blancos panecillos de trigo.

Durante algunos minutos preocupó tanto a los convidados de Keller la presencia de aquellos apetitosos objetos que no se limitaba a gozar con el solo sentido de la vista, que reinó gran silencio en toda la compañía y pudo oírse el ruido del viento que arreciaba por instantes, probando que el inconstante cielo de la Suiza había hecho suceder la tempestad a la deliciosa calma con que comenzó la noche.

Sin embargo, la gente desvelada no parecía inquietarse por aquel cambio repentino a que están asaz habituados los moradores del país, y como la estación alejaba los temores de una avalancha, ni los silbidos del viento, ni los sordos y dilatados truenos que devolvían las montañas, interrumpieron las inequívocas señales con que daban a entender a Juan Bautista que encontraban verdaderamente deliciosa la colación prevenida.

Dos personas únicamente hacían poco honor a los incitantes manjares; eran Ida y Arnoldo, que aprovechándose de la general distracción entablaron en voz baja el diálogo siguiente.

II

—¿Permaneceréis con nosotros hasta el fin de la velada, Arnoldo? —dijo la bella Ida—. ¿Habéis pedido permiso al conde para estar fuera del castillo hasta las doce?

—No lo hubiera alcanzado —respondió el paje—; el señor de Montsalvens tiene por costumbre decir no a todo lo que se le pide; pero me he fugado del castillo y entraré como salí, sin ser visto de nadie. Tengo modo de hacerlo, aunque a la verdad algo arriesgado.

—Pues sabed que no quiero que os arriesguéis a nada para verme: por mucho que me haga padecer vuestra ausencia, la sufriré sin quejarme a trueque de que hagáis ninguna locura, Kessman. Vuestro señor me parece un mal hombre. No lo he visto sino una vez que andaba de cacería con otros propietarios de los alrededores; pero os confieso que me hizo muy desagradable impresión su figura alta, flaca, acartonada, tan amarilla, tan seria, con aquellos dos ojillos negros y hundidos bajo la ancha y protuberante línea de sus cejas grises y encrespadas. Apostaría cualquier cosa a que jamás se ve asomar la risa a los labios de vuestro conde, y a que apenas conocen su voz las gentes de sus dominios. Pues no, los condes de la Gruyere, con ser tan grandes y poderosos señores como son, no tienen el orgullo de vuestro áspero Montsalvens. He ido algunas veces a llevar flores y natas a la hermosa condesa, porque habéis de saber Arnoldo, que, aunque somos villanos, los ilustres condes de la Gruyere fueron padrinos míos, como que mi madre, que Dios tenga en su gloria, dio de mamar con sus pechos a la señorita Matilde, que es mi hermana de leche y que me quiere de todo corazón; sí, por cierto, siempre que voy al castillo me dice que el día que me case me hará un gran regalo de boda. ¡Oh! nosotros los Kellers estamos muy bien quistos de la nobleza; mi padre lo dice así con frecuencia. Si mucho nos aprecian los condes de la Gruyere, más todavía el barón de Charmey. ¿Conocéis al barón de Charmey, Arnoldo?

—Su castillo no está distante del de Montsalvens, Ida; pero no recuerdo haber visto nunca al barón. Creo que viene rara vez a sus posesiones.

—¡Sus posesiones!... no son muy vastas por cierto, aunque dice mi padre que su casa ha sido opulenta y que aun debía serlo hoy día. En todo el país se murmura de vuestro señor, porque se ha apropiado dominios muy pingües que le corresponden al barón.

—Esas son habladurías, porque bien debéis conocer que no se dejaría despojar tan tranquilamente el barón de Charmey si tuviera en realidad los derechos que le supone el vulgo. He oído decir que cuando el conde heredó el señorío a que hacéis alusión, que es por cierto uno de los mejores de la Helvecia, intentó disputárselo al tal barón, pero pronto debió convencerse de que era su pretensión injusta, pues se apartó de ella y no ha vuelto a pensar en renovarla.

—Es verdad, Kessman, muchas veces se ha admirado mi padre de esa conducta del señor de Charmey, y él la llama incomprensible: porque nadie le podrá convencer de que no tiene derechos incontestables a los dominios en cuestión. Pero ya veis, el barón es joven y un poco mala cabeza, según dicen; así es que no se cuida de hacerlos valer y solo piensa en divertirse. Os aseguro que me alegraría mucho de que tuviese más prudencia, porque es tan amable, ¡tan franco!... habla con los villanos como si fuesen sus iguales y todos le quieren como a las niñas de sus ojos. Mi padre, sobre todo, ¡le tiene una ley!... es verdad que bien la merece, pues los Kellers siempre han sido muy favorecidos por los señores de Charmey. Mi difunta madre era hija de un montero del viejo barón (que Dios haya perdonado), y el dicho montero, mi abuelo (que también descanse en paz), tuvo una vez la dicha de salvar la vida a la señora baronesa Eleonora, que dicen era la más hermosa dama de su tiempo. Os contaré, si queréis, la ocasión y el modo de prestar mi abuelo tan importante servicio a la casa de su amo.

—Dejadlo para otro momento, mi querida Ida. ¡Alcanzo tan raras veces la felicidad de poder hablaros! Decidme solamente durante tantos días que hemos pasado sin vernos.

—¡Y qué!, ¡necesitáis preguntar eso, ingrato! —exclamó la joven dándole un golpecito sobre las manos con el ramillete de flores que tenía en las suyas.

—No, mi bien, sé que me amas: pero ¡oh Ida!, ¿no hay esperanzas para nosotros?, ¿nunca, nunca he de poder llamarte mía? Este pensamiento ha de volverme loco.

—Dios es Todopoderoso, Kessman —repuso ella suspirando—: ¿por qué no hemos de confiar en su bondad infinita?

—¡Ida! soy pobre, lo seré siempre, y vuestro padre (perdonadme el decirlo), vuestro padre es codicioso. Jamás dará su hija, él mismo lo asegura, a un hombre que no sea tan rico como él.

—Pero vos sois noble, Kessman, y como mi buen padre es también algo vano...

—¡Noble!... ¡decís que soy noble!... ¿Sé yo por ventura lo que soy? Es cierto que algunas veces me dice el conde: «Arnoldo, eres muy inclinado a la canalla y es preciso que te corrijas; porque tienes en tus venas sangre muy ilustre». Pero yo no he conocido nunca a mis padres: desde muy niño me hallé recogido como por caridad en casa de Montsalvens. No conozco a nadie por estas cercanías que tenga el apellido que a mí me dan, y que no sé a qué familia pertenece. ¡El conde es tan intratable!, por más que me he aventurado en diversas ocasiones a hacerle preguntas sobre mi nacimiento, solo he podido saber que soy huérfano, que no poseo nada en el mundo, y que aunque mis padres no estaban autorizados por el cielo para darme la vida, eran personas de un rango tan elevado que no debo avergonzarme de mi origen. Esto me dicen; esto creen, sin saber los fundamentos de su creencia, las personas que me conocen; pero ni yo mismo, Ida, puedo estar seguro de que sea cierto, y aun dando por hecho que lo sea ya veis que mi suerte no es ciertamente envidiable.

—Sabed, Kessman, que no falta quien piense que sois hijo natural del mismo conde de Montsalvens, y como no los tiene legítimos bien pudiera suceder... pero no; yo estoy cierta de que no es vuestro padre ese odioso conde. ¿Vos tan hermoso y tan bueno habríais de proceder de un hombre tan feo y tan malo?

Sonrióse el paje y respondió:

—Sois muy lisonjera conmigo y muy severa con mi protector, querida niña: pero creo como vos que carece de toda verosimilitud la suposición a que os referís. No, el conde Montsalvens no es mi padre: el corazón me lo asegura. Siempre he creído firmemente en el presentimiento interior que llaman voz de la sangre. Si yo viera a mi padre adivinaría que lo era. Mas hablemos del vuestro, Ida. ¿Tenéis alguna esperanza de que pueda ablandarse en favor nuestro?

—No puedo negaros que lo considero milagro, y que por tanto solo lo espero del poder y de la piedad divina. Mi padre no os mira con buenos ojos desde que ha sospechado que me amáis, y ayer mismo me habló con un tono que no acostumbra usar conmigo, expresándome terminantemente que cesaría de ser un buen padre si llegaba a conocer que me pasaba por el pensamiento la loca idea, así dijo, de casarme con vos.

—¡Ya lo veis, Ida!... —exclamó el joven con profundo dolor—: ¡no hay para mí ninguna esperanza de felicidad en la tierra!... morir, solo morir es lo que debo anhelar.

—No os desalentéis así, mi buen Arnoldo —le dijo la doncella esforzándose por ocultar una lágrima que temblaba, a pesar suyo, en sus hermosos párpados—. ¡Escuchad!, hablábamos hace un instante del barón de Charmey, y no sin idea os he hecho su elogio; porque os confieso que he pensado más de una vez en implorar su poderosa mediación en favor de nuestros amores. Habéis de saber que cuando fuimos mi padre y yo a felicitarle y a ofrecerle nuestros respetos la última vez que estuvo en su castillo, me dijo muy bajito al despedirme: «Ya sé por William (William es su conserje, querido Kessman); ya sé por William que un buen mozo delira por tus ojos y que el papá no se muestra propicio: cuenta con mi apoyo cuando lo necesites». Por desgracia dejó el castillo dos días después, hace ya dos meses, y aun no ha vuelto, a pesar de que le decía en aquella ocasión a mi padre: «¡Mi gordinflón!, resérvame un jarro de vino y el mejor pedazo de tu queso la noche de la velada de San Juan, pues te advierto que tengo vivos deseos de visitar tu Chalet en aquella época de su gloria».

—No prestéis crédito, ángel mío, a las promesas de los grandes señores, porque tan pronto son en hacerlas como en olvidarlas. Además, Ida, por grande que pueda ser el respeto de vuestro padre por el barón de Charmey, no condescendería en dar su hija única a un pobre mancebo como yo, sin porvenir en el mundo. Necesito ser rico y no puedo serlo. ¡Oh!, ¡no podéis imaginar cuán devorante es esta sed de oro que el amor ha despertado en mi alma! Daría mi vida por un solo día de riqueza, porque ese día, Ida, lo pasaría en vuestros brazos. ¡Dios mío!, ¡perdonadme!, pero momentos ha habido en que creo que hubiera pagado el oro a precio de mi salvación eterna.

—No digáis eso, Arnoldo; ¡oh!, ¡no digáis eso nunca! Yo quiero que me améis más que a todas las cosas del mundo, pero no consiento en que prefiráis a vuestra felicidad en la otra vida. No obstante, todo lo que nos aflige yo tengo el presentimiento de que...

La joven no había acabado su frase, cuando una de las puertas de la pieza en que se hallaban se abrió de repente con estrépito, y entró por ella un gallardo joven de hasta veintiséis años, en traje de cazador, dejando oír al mismo tiempo la concurrencia esta exclamación unánime: «¡El señor barón de Charmey!».

—El mismo en persona —respondió el nuevo personaje, apoderándose sin ceremonia de una de las sillas próximas a la mesa—. Heme aquí, mi rollizo Keller, vengo en busca de la parte de tu refacción que te encargué me reservaras. No os molestéis por mí, buenas gentes —añadió al ver que se mantenían en pie los circunstantes—: volved a ocupar vuestros asientos y continuad divirtiéndoos como mejor os plazca, mientras yo reconozco por mí mismo si el buen papa Juan Bautista tiene, como se asegura, los mejores quesos y los más añejos vinos del país.

Acabando estas palabras empezó a comer y a beber con muestras de muy buen apetito, si bien echando investigadoras miradas por su alrededor, hasta que descubriendo a la bella Ida las detuvo en ella, diciendo con galantería:

—¡Bendita sea por el glorioso San Juan la rosa de Neirivue, la estrella del Moléson, la gloria de las doncellas!, brindo por la salud de Ida Keller —y desocupó de un solo trago los restos de una ánfora que tenía delante.

Keller se apresuró a acercarle otra enteramente llena, hacinando además junto a ella todos los castillos de tortas y los diferentes platos de mantecas y quesos que quedaban en la mesa, no sin expresar al mismo tiempo cuán sensible le era no los hubiese comenzado su ilustre huésped, y que si se dignaba aguardar un instante se traerían nuevos manjares más exquisitos e intactos.

—No hagas tal, mi buen gordinflón, no hagas tal —decía a esto el joven cazador—; los restos de tu refacción bastarían para abastecer por muchas semanas la cartuja de Val-Sainte, fundada por mi digno abuelo el barón Gerardo de Corbières. Bebo segunda vez a la salud de todos los de la velada, y en particular por la de la persona que sé más grata entre todas a los bellos de ojos de Ida Keller.

—¡Os ha mirado, Arnoldo! —dijo en voz baja la doncella a su amante.

—A vos es a quien mira demasiado, Ida —respondió el joven dominado por cierto impulso de celos.

—Os engañáis, Kessman; he notado que sus ojos se han detenido en vos.

—Sí, porque estoy a vuestro lado, Ida.

—¡Mirad, mirad ahora con disimulo; aunque está hablando con el viejo Nicolás Bull, os echa unas ojeadas!...

—Acaso no le agrada que estéis hablando conmigo.

—¡Ca!, ¿con que ha brindado por aquel a quien yo vea con mejores ojos, y pensáis que los suyos os miran con desagrado?

Arnoldo no contestó, pero a pesar de la hermosa y simpática presencia del joven barón y de la llaneza casi excesiva de su trato, se sintió poco dispuesto a participar del orgullo y la satisfacción que causaba en todos aquellos campesinos ver a un gran señor alternando con ellos. Keller sobre todo, en quien recaía la mayor parte de tan extraordinaria honra, no cabía en sí de gozo, y tan trastornado lo puso la alegría, que rompió seguidamente dos grandes ánforas llenas de vino, de cuyo contenido hizo partícipes a los vestidos del mismo Charmey y de otros varios de sus convidados. Todo empero se le perdonaba en circunstancia tan rara como gloriosa.

Cuando hubo dado fin el barón a la doble ración de queso que él mismo se sirviera, sazonándola con repetidas libaciones, dijo volviéndose al ganadero:

—Ya ves que soy fiel a mi palabra, pues he venido a tomar parte en tu fiesta, Dios sabe desde qué distancia; y luego ¡qué tiempo! ¿Sabéis mis buenos amigos —añadió dirigiéndose a la reunión—, que hace una noche horrible para los que intenten velar el helecho este año? Vosotros al menos veláis debajo de un buen techo, y cuando apriete el frío, que ya va haciéndose sentir, tenéis un abundante fuego que he visto encender a mi llegada.

—Cuando vuestra señoría lo disponga —dijo Séller—, nos acercaremos a él; pero me sorprende, señor barón, que tengáis noticia de la Velada del helecho, pues creía que solo nosotros, las gentes del pueblo, teníamos conocimiento de esas costumbres vulgares.

—Permitidme observar, vecino Keller —repuso otro ganadero llamado Tomás Huber, que pasaba por hombre muy instruido entre compañeros—, que esa costumbre a que aludís ha dejado de existir hace mucho tiempo; y tan es así que acaso muchos jóvenes de los que se hallan presentes no tienen ni aun noticias de ella.

—¡Yo sí! ¡Yo sí! ¡Yo también! —exclamaron muchos pastores y zagalas.

—No está tan olvidada como pensáis la Velada del helecho, señor Huber —dijo entonces el anciano Nicolás Bull—. Sin ir más lejos, os puedo asegurar que diez personas la hicieron el año último, y que no creo falten algunas que la hagan en éste, a pesar de la tempestad que aumentará los horrores del camino de Eví.

—¿Conoce vuestra señoría —preguntó Keller a su noble huésped— todas las particularidades de la tradición de que se habla?

—Mejor sin duda de lo que crees —contestó aquel—; pero pues me brindabas hace poco con el calor de tu hogar, vamos allá y me contaréis todo lo que vosotros sepáis de esa antigua costumbre, que sentiría hubiese caído en desuso, como afirma el buen Tomás, pues tengo grandísima inclinación y singular respeto por las viejas tradiciones.

El barón se levantó, se acercó a Ida, le ofreció un brazo, no sin mirar antes al joven Kessman con incalificable expresión, y toda la compañía fue a instalarse alrededor de la gran chimenea, en que chisporroteaba la gruesa leña de encina invadida por las llamas.

—No sé —dijo entonces Keller sentándose enfrente de su ilustre huésped—, ni creo que pueda nadie saber, desde qué tiempo data precisamente la popular creencia, cuyas particularidades desea conocer su señoría; así como tampoco podríamos decir su origen: lo cierto es que de padres a hijos se ha transmitido durante muchas generaciones, y que, según ella, es cosa notoria que la víspera de mi glorioso patrón, cuando se cubren de helecho —planta hija de las sombras y de la humedad— los bordes del precipicio que llaman los de la tierra camino de Eví, precisamente a la mitad de la noche aparece en aquel lugar el mismo Satanás en persona, y mediante ciertas condiciones enriquece cada año a aquel o a aquellos que se encuentran velando el helecho en un paraje cubierto todo por dicha planta.

—¿Y no se sabe cuáles son las condiciones que impone el diablo a los que alcanzan sus donativos? —preguntó el barón que parecía tratar con serenidad e interés aquel asunto, ridículo probablemente a juicio de nuestros lectores.

—Solo se dice —repuso Juan Bautista—, que la persona agraciada debe hallarse completamente sola y en profunda oscuridad, y no falta antes quien asegurase que el demonio exigía además se le entregase un papel, y que en aquel papel escribía, para hacerlo constar a su debido tiempo, la compra que hacía de aquella pobre alma.

—¡Dios mío! —exclamó Ida estremeciéndose—: ¿luego se condenaba para siempre quien recibía el donativo?

—El diablo no regala nunca, niña mía —dijo con acento grave el anciano Nicolás—: solo hace cambios en provecho propio. Cualquiera que acepta los dones de aquel perverso espíritu queda esclavo suyo por toda la eternidad.

—Yo no lo entendía así —dijo el barón—: yo pensaba que ese donativo era un castigo que imponía Dios a Satanás, obligándole a ser generoso a su despecho, y a festejar el día del santo precursor de Jesucristo. Tengo razones para creer que no son funestos sus dones para quien los recibe en tan fausta ocasión, y que el papel que exige no debe ser más que una prenda que depositaba ante el trono de su juez, pruebe hallarse cumplida su sentencia.

—Eso es más creíble y menos horroroso —dijo Ida, que sin embargo continuaba temblando y apretándose maquinalmente contra el joven Arnoldo, que había vuelto a su lado; pero éste por primera vez de su vida parecía olvidado del objeto de su amor. Con la mirada fija, la frente más pálida que de costumbre, y el aliento casi suspenso, atendía con todas sus potencias a la conversión que se había entablado.

—El señor barón de Charmey hace demasiado honor al demonio —dijo a su turno el erudito Tomás—, cuando presume que desempeña con tal fidelidad las comisiones del Altísimo. Sabido es que aquel maligno enemigo de nuestras almas es un rebelde pertinaz, y si alguna vez nos dispensa aparentes beneficios, no cabe duda de que lo hace por cuenta propia, y siempre seguro de resarcirse con usura. Pero no veo en la tradición de que se trata sino un cuento de viejas; nadie, que yo sepa, ha recibido nunca el tal donativo de la Velada del helecho.

—Es verdad —dijo otro interlocutor— que la tía Andrea pasó en el camino de Eví toda la noche víspera de San Juan hace dos años, y solo sacó de allí una pulmonía que la llevó al sepulcro algunas semanas después.

—Y el pastor Lami —añadió una zagala—, ha hecho la Velada tres años seguidos, y tan pobre se está como se estaba.

—¡Jesús María! —exclamó otra—, ¿con que hay quien desee el oro hasta de mano del diablo?

—¡Dios nos preserve! —dijo santiguándose Nicolás Bull—, pero por desgracia es cierto que existen muchas gentes que no reparan en nada cuando tratan de enriquecerse, y que si no se venden al diablo es porque el diablo no quiere comprarlas por el precio en que se estiman ellas.

—¿Qué tenéis, Arnoldo? —preguntó en aquel instante Ida a su joven amante—. Estabais pálido, y ahora parece que quiere saltar la sangre de vuestra cara.

El paje nada respondió: evidentemente todo su ser estaba concentrado en un pensamiento único. Su extraña preocupación debió ser notada por el barón, pues tenía clavados en él sus grandes ojos color de venturina, cuando pronunció estas palabras:

—Como la conversación que hemos entablado pudiera afectar a las personas excesivamente nerviosas e impresionables que se hallen entre nosotros, os ruego, mis buenos amigos, que cambiemos de asunto; mas permitid que os diga antes que aunque vosotros los poseedores de la tradición no tenéis noticia de ningún hecho que la acredite, yo, con pertenecer a una clase que apenas tiene conocimiento de ella, puedo atestiguar su verdad con un ejemplo muy respetable.

Todas las miradas se fijaron con ardiente curiosidad en el semblante del barón, y echando él de ver que se esperaba con ansiedad la relación del suceso que acababa de indicar, atizó la leña, tosió por dos veces para desembarazar su garganta y aclarar su voz, y se explicó en estos términos.

III

—Mi abuela, que Dios tenga en su gloria, señora de cuya escrupulosa veracidad no nos es dable admitir la menor duda, refería gravemente que allá en los tiempos de su mocedad tuvo por amiga a una hermosa dama llamada Emma (espero que me dispensaréis de decir los nombres de familia) la cual amaba apasionadamente al doncel Arturo de... con quien la naturaleza anduvo tan pródiga como avara la fortuna. Para mayor desgracia, el barón, padre de la doncella, era hombre arruinado e incapaz por su carácter de comprender el invencible poderío de una pasión generosa. Así pues, negándose a aceptar por yerno al noble doncel sin patrimonio, se decidió a dar la mano de su hija a cierto plebeyo rico, que se ofrecía, ambicioso de emparentar con gente ilustre, a pagar las enormes deudas del magnate. En tal estado las cosas, llegó al país en que pasaban, la vieja Margarita, labradora de Albeuve, y que había sido nodriza de la madre de Arturo, a quien recibió en sus brazos cuando vino al mundo. Halló al pobre joven en lastimosa situación, y pronto echó de ver que corrían a la par inminente riesgo su corazón y su vida, si llegaba a perder de todo punto la esperanza que, aun contra todas las probabilidades, alienta todavía en el fondo del corazón más destrozado. La anciana labradora se acercó al lecho en que yacía postrado por su tristeza el amante de Emma, la noche en que acababa de saber estar ya definitivamente fijado el día funesto que pondría entre los dos un muro insuperable, y colocando su diestra sobre el pecho del joven.

—¿Tenéis valor? —le preguntó.

—¡Oh! —exclamó él—. ¿Si solo se necesitase arrostrar los más inauditos peligros para conquistar a Emma?...

—Pues no es menester otra cosa —dijo sin dejarle concluir Margarita—. ¡Levantaos, Arturo! Id a presentaros al barón; pedidle que difiera por solo dos meses el casamiento concertado, y que si al cumplimiento de dicho plazo volvéis vos a su presencia siendo poseedor de una fortuna superior a la del rival a quien sois pospuesto, os conceda el derecho de entrar con él en competencia, y que decida Emma cuál de los dos es más digno de su mano.

—¿Estáis loca, buena anciana? —repuso el doncel—. ¿Qué caso ha de hacer el barón de semejante proposición, ni qué ganaría yo con verla admitida?

Bien sabéis que no puedo abrigar la menor esperanza de hacerme rico en tan breve tiempo.

—¿No estamos en los últimos días del mes de abril? —preguntó Margarita.

—Así es.

—¡Pues bien!, en los últimos días de junio podéis ser más opulento que el indigno villano que osa competir con vos, porque aquel cuya mano ha de dotaros ha sido llamado, y debe serlo todavía, príncipe del mundo.

—Ningún poderoso de la tierra me ha protegido nunca —observó el joven.

—Hay poderes superiores a los terrestres —respondió la vieja.

—Nada comprendo de cuanto queréis decir, Margarita; pero no importa; necesito una esperanza, por quimérica que sea: ¡mandad! haré cuanto queráis.

—Marchad, pues, sin tardanza a pedir al barón el plazo que os he indicado. Sois noble y alcanzaréis desde luego que os prefiera, en igualdad de las otras circunstancias, al caballero de nuevo cuño, a quien hoy quiere honrar con su enlace. Aseguradle que de hoy en dos meses sus deudas estarán satisfechas, y vos os ofreceréis a Emma con una corona de conde.

—Pero, Margarita...

—¡Callad!, nada lograréis, os lo advierto, si no tenéis en primer lugar fe, en segundo valor.

—¡Bien!, yo voy a obrar como si poseyera la primera, y os afirmo que deseo ardientemente pongáis el último a prueba.

En efecto, Arturo hizo al barón su demanda, y aunque sin duda le pareció a éste muy risible o extraordinaria, se prestó después de algunas vacilaciones a los deseos del mancebo, y le empeñó su palabra de honor de que no casaría a su hija antes del postrer día del mes de junio, a cuyo tiempo si volvía a presentársele tan rico como su rival, Emma sola decidiría la elección.

Volvió Arturo con esta promesa adonde lo esperaba Margarita, y le dijo:

—¡El plazo está concedido! ¡Heme aquí! ¿Qué debo hacer ahora?

—Acompañarme a mi lugar —respondió ella.

—Estoy determinado a seguir en todo vuestros consejos —repuso Arturo—; ¿pero no querréis darme alguna luz respecto a vuestros intentos? ¿Cuáles son vuestras esperanzas, buena vieja? ¿Adónde me mandaréis a buscar esos tesoros que deben adquirirme la posesión de mi amada?

—Al camino de Eví —respondió sin vacilar Margarita.

—Pero, si no estoy trascordado —observó el joven—, el camino de Eví no es otra cosa que una senda casi intransitable que conduce al Moléson. ¿Cómo es posible que encuentre allí los medios de enriquecerme?

—Allí es donde únicamente podéis hallarlos —contestó Margarita.

—Me parece —replicó Arturo— que me habéis hablado de no sé qué protector... ¡De un príncipe! ¿Quién es ese personaje de quien tanto esperáis?

—Es poderoso; todos los hombres nacen siervos suyos: todos le rinden tributo durante su vida.

—¿Pero su nombre?... decidme su nombre, Margarita.

—Va a daros miedo, Arturo.

—Yo os juro que no soy susceptible de otro temor que el de perder a Emma. Pronunciad, pues, ese nombre, cualquiera que sea.

—Pues bien, Arturo, el protector que os ofrezco se llama... ¡Satanás!

Palideció el doncel y quedose suspenso por algunos instantes; mas no abandonó su empeño. Siguió a Margarita a la villa de Albeuve, que, como sabéis, se halla vecina del camino de Eví, y dos meses después, el día 30 de junio (creo que debió ser en el año de 1340) volvió a verlo entrar por las puertas de su castillo el arruinado barón, que por su parte cumplió religiosamente la promesa empeñada.

Mi abuela asistió algunas semanas más tarde a la suntuosa boda de la hermosa Emma con el muy alto poderoso conde Arturo de... poseedor de vastísimos dominios en la parte occidental de la Helvecia. Aquella enamorada pareja disfrutó muchos años en este mísero mundo la felicidad más completa que pueda en él alcanzarse, y debemos esperar piadosamente, mis buenos amigos, que el soberano dispensador de todos los bienes la haya prolongado más allá de su vida pasajera, puesto que dieron ejemplo durante ella de acrisoladas virtudes, habiéndoles proporcionado el donativo del diablo el poder alegar muchas buenas obras delante de Dios.

—Que descansen en paz como su señoría lo desea —dijo el viejo Bull cuando acabó su relación el barón—; pero que nos preserven nuestro Divino Redentor y el bienaventurado San Juan Bautista, a todos los que aquí estamos, de anhelar jamás tesoros venidos por semejante conducto.

—¡Libéranos Dómine! —repitieron los labriegos, y el mismo señor de Charmey respondió devotamente—: ¡Amén!

En aquel momento la gran campana de la parroquia de Neirivue sonó lentamente las once, y al expirar la última vibración se vio levantarse al paje de Montsalvens como si súbitamente le hubiese mordido una víbora, y lanzarse hacia la puerta con tal ímpetu y velocidad que hubiera podido creerse era impulsado contra su voluntad por la fuerza superior de una potencia invisible.

—¡Kessman, Kessman! —le gritó Ida—; ¿queréis dejarnos ya?, no son más que las once, y hasta la media noche no se termina la Velada.

—Volved, Arnoldo —añadían las demás doncellas—. Mirad, que con el permiso del señor barón, bailaremos un poco todavía; venid y tendréis a Ida por pareja. ¿No oís cómo brama la tempestad? Dejadla calmar un poco antes de poneros en marcha para el castillo.

El paje que se había detenido en el umbral de la puerta mientras se le dirigían tan persuasivos ruegos, volvió en efecto hacia la reunión; pero fue para despedirse de ella haciéndose sordo a cuanto se le repetía para detenerlo.

Apenas traspasó los umbrales, cuando una sonrisa indefinible apareció y desapareció fugaz en los labios del barón, y si hubiese habido allí algún maligno observador que recordase el disimulado empeño con que aquel personaje había provocado y sostenido la conversación de la Velada del helecho, y las penetrantes ojeadas que de tiempo en tiempo lanzaba sobre el amante de Ida, acaso hubiera sospechado que, adivinando la nerviosa vehemencia de aquel pobre joven y la especial predisposición en que se hallaba su espíritu, obraba en todo con refinado artificio, para alejarlo de allí y poder suplantarlo cerca de aquella linda criatura.

Esta suposición, que no nos atreveremos a decir fuese de todo punto infundada, hubiera adquirido mayor fuerza al ver que no bien pasados tres minutos de la ausencia de Kessman, el joven barón fue a ocupar la silla que dejara vacante junto a Ida, andando no menos listo, cuando un instante después se trató de renovar la danza, para ofrecerse por su caballero. La joven, sin embargo, no parecía muy bien lisonjeada con las preferencias de que era objeto. Después de que Arnoldo dejó la reunión, Ida perdió su alegría y hablaba y bailaba como una máquina, pintándose en su semblante la preocupación de su ánimo.

Por más cándidos y perspicaces que pudieran ser en general los asistentes a la Velada, no dejaron de hacer aquella doble observación, y se entablaron en voz baja algunos dialoguillos, poco más o menos de la índole del siguiente:

—Mirad qué galante está el barón con la hija de Keller; el pobre Arnoldo se ha ido sin duda por eso. Había estado acechando las miradas del joven caballero, y conoció ser Ida el objeto a quien se dirigían constantemente. Se ha marchado loco de celos: ¿no notasteis qué cara tenía tan desencajada, y cuán destinado se iban sin decir adiós a nadie?

—Pues lo que es la muchacha no le da por cierto motivos para estar celoso. Observad qué displicente se muestra mientras baila con el señor de Charmey. Está, perdidamente enamorado del paje, y no comprendo qué esperanzas puede alimentar, pues es bien seguro que no consentirá nunca Juan Bautista en que se case su hija única con un hombre que no tiene más que la noche y el día, como decirse suele.

—¡Escuchad! —decía otra voz femenil—. Se han visto grandes señores casarse por amor con humildes pastoras. Tiene tan feliz estrella ese Keller, que no será mucho le veamos convertido en padre de todo un barón.

—A la verdad —añadió un acento menos blando que el anterior—, son extraordinarias las demostraciones de aprecio que dispensa a esta familia el señor de Charmey, y solo se pueden explicar creyendo que encierran miras particulares. ¡Pero qué!, no hay que pensar por eso que se le ocurra la idea de casarse con Ida. ¡Vosotras las mujeres sois a veces tan cándidas! Las gentes de cierta clase se persuaden que honran mucho a una villana tomándola por querida.

—¡Pues no! Lo que es eso no sucederá con Ida —dijo otro joven, no insensible a los encantos de la que nombraba—. No piense su señoría que nos dejaremos robar la perla de las doncellas del país para que le sirva de juguete. No le faltan a Ida Keller buenos partidos para establecerse aunque no seamos barones.

—Pero es extraño que no esté más alegre Ida, bailando con un caballero tan galán, que se conoce le va diciendo cosas muy dulces —dijo una rolliza zagala que se había quedado sin pareja—. A mí me parece mejor mozo el barón de Charmey que ese Arnoldo, tan descolorido y tan triste. ¡Oh!, ¡tiene el barón unos ojos!...

—Los mismos de su madre —observó Nicolás Bull—. La baronesa Eleonora era de las bellas si las hay. ¡Lástima que la hubieran casado con un hombre que podía ser su padre! Lo menos hace diez años que murió, y me parece que la estoy mirando. ¡Qué talle aquel!, ¡qué garbo!, su hijo se le asemeja bastante, solo que tiene la boca un poco grande, como el padre, pues lo que es la baronesa, aquello no era boca, sino un botón de rosa.

Mientras así charlaban los excluidos del baile, la parte de la reunión que gozaba de aquel placer daba muestras de ser verdaderamente incansable, y no sabemos hasta cuándo se hubiera prolongado la danza si ella no se hubiese sentido ligeramente indispuesta. Desde el punto en que la reina de la fiesta se negó a continuarla, la general animación comenzó a decaer visiblemente, y acabó del todo, cuando el barón, no obstante las miras que se le sospechaban, manifestó no hallarse dispuesto a prolongar por más tiempo su permanencia allí. Al chasquido del látigo que llevaba en la mano apareció el palafrenero que le acompañara, y cumpliendo las órdenes que recibió fue corriendo a ensillar los caballos, y volvió muy en breve anunciando que ya estaban prontos.

Despidiose el ilustre joven de todos y de cada uno en particular, con cuya atención acabó de ganar todos los corazones; por manera que luego que se ausentó hubo por algunos minutos un numeroso coro de elogios, que Keller escuchaba con tanto orgullo y satisfacción como si fuese el barón un miembro de su familia.

Era tan grande el vacío que dejaba el barón en aquella rústica sociedad, encantada con su presencia, que no fue posible reanimar los espíritus, y a la primera campanada de las doce todos se apresuraron a separarse, los más para ir a dormir tranquilamente, descansando de los placeres de la velada; algunos para pensar en ellos, y la hermosa Ida para contar hora tras hora en fatigante insomnio, pues se hallaba enteramente perturbada por la inexplicable conducta de su amante en los últimos momentos que había pasado junto a ella. ¿Qué origen pudo haber tenido la profunda preocupación en que cayó el joven, haciéndose sordo e insensible a la voz que hasta entonces ejerció siempre tan gran poder en su alma? ¿Por qué se había alejado Kessman despreciando una hora más que podía pasar junto a su amada? ¿Se habría enojado contra ella? ¿Estaría realmente celoso del barón? Pero de todos modos, ¿qué significaba aquella salida súbita y desordenada? ¿Adónde había ido?

La pobre Ida no podía adivinarlo, por más que martirizase su pensamiento en aquella noche de vigilia; mas yo me apresuraré a sacar de iguales dudas a los amabilísimos lectores, que se dignen dispensar al héroe de mi historia sus lisonjeras simpatías, haciéndoles saber dónde se encuentra Kessman, en tanto que vela pensando en él su interesante Ida.

Oscura por demás estaba la noche en el momento en que abandonó el paje la casa de Juan Bautista. Solo le alumbraban de cuando en cuando los relámpagos, que, como fugaces sierpes de fuego, se tendían y desaparecían instantáneamente sobre las montañas. Algunas gotas de lluvia comenzaban a desprenderse de las densas nubes que envolvían al firmamento, y el viento que las movía al parecer con trabajo dejaba oír fuertes y penetrantes bramidos, confundiéndolos con los rimbombantes ecos del trueno que rodaban incesantemente desde aquellas alturas.

Arnoldo respiró con avidez los soplos de la tempestad, y recibió la lluvia en su cabeza descubierta como si quisiera apagar con ella el devorante pensamiento que sentía abrasarla. Andaba deprisa, y cuando brillaba la siniestra luz de los relámpagos, volvía los ojos atrás con notable azoramiento como recelando ser seguido y acechado por algún malicioso espía.

El castillo de Montsalvens, cuyas ruinas enseñan todavía al viajero, estaba situado al declive del puntiagudo Mont-Merlan, guardando, por decirlo así, a la villa de Bruck, que se extiende a la orilla derecha del Sarine, en la confluencia de dicho río y de los torrentes de Jogne y de Treme; pero no era esta la dirección que tomaba Arnoldo Kessman. Encaminábase hacia el SE del Moléson, y al cabo de media hora de marcha se encontró a la entrada de un sendero sombrío, del cual se oía salir la amenazante voz de un torrente sobresaliendo aun entre los bramidos de la tempestad. Detúvose allí el mancebo: gruesas gotas de sudor se mezclaban en su frente con el agua que destilaban sus empapados cabellos, y si alguna vista humana hubiera podido contemplar en medio de las tinieblas la mortal palidez que le cubría, su mirar extraviado, sus rodillas trémulas, y la expresión de cruel vacilación que se pintaba en todas sus facciones, hubiera creído sin duda hallarse presenciando los últimos esfuerzos de la razón y del instinto contra el atroz pensamiento del suicidio. Sin embargo, Arnoldo no iba a buscar la muerte; sin que nos atrevamos a decir por esto que era menos culpable y horrorosa la idea que se alberga en su alma. ¡Tenía delante de sus ojos el camino del Evi!

Todavía existe allí, tal cual estaba en la época de que hablamos, aquella ruta abierta en peña viva, y encajonada, digámoslo así, en los bordes de un hondo precipicio en cuyo fondo muge incesantemente aprisionado, entre murallas de piedras que apenas dejan paso a la luz del día, un espumoso torrente. Los ganados que tienen sus pastos hacia aquella parte del Moléson toman por lo común aquel sendero, pero los pastores no dejan entrar sus reses sino de dos en dos, o de tres en tres, y el cura del lugar, con el hisopo en la mano, los espera allí para bendecirlos antes de que penetren en aquella especie de abismo.

Nadie empero se hallaba allí en tan tempestuosa noche para dar una bendición al desdichado huérfano, que dominado casi a su pesar por sus ideas religiosas, mas empujado por la irresistible fuerza de una pasión delirante, se adelantaba y retrocedía repetidas veces delante de aquella entrada tenebrosa que bien podía representar una de las bocas del infierno. De repente se le ocurrió que mientras perdía el tiempo en cobardes vacilaciones acaso estaba a punto de sonar la hora solemne de la media noche... un vértigo inexplicable se apoderó entonces de su turbada cabeza; pensó que llegaban hasta su oído las palabras que la vieja Margarita había dirigido un siglo antes a aquel otro amante tan desesperado como él. «¡Tened valor!», y desatentado, loco, con el cabello erizado y las trémulas manos extendidas hacia adelante, se precipitó entre las tinieblas por la angosta garganta del precipicio.

Los campanarios de Neirivue y de Albeuve, villas cercanas a aquel lugar, daban en el mismo momento las doce. ¡Aquella era la hora precisa de la aparición del diablo!

El ruido de las pisadas de Kessman había cesado de percibirse ya, y sin embargo, a la pálida luz del relámpago se hubiera podido descubrir una figura siniestra que se adelantaba evidentemente a la entrada de la gruta.

IV

Era el 27 de junio: habían transcurrido tres días desde la noche de la velada y Arnoldo Kessman no había vuelto a aparecer por la casa de su querida. No era ciertamente la primera vez que pasase tanto tiempo, y aun otro más dilatado sin verse nuestros jóvenes; pues distaba cerca de tres leguas el castillo de Montsalvens, y no siempre alcanzaba permiso el paje para ir a pasearse a Neirivue, ni tenía proporción de escaparse sin que se notase su ausencia. Nunca, empero, había sido tan alarmante y dolorosa para Ida la separación de su amante como lo era la vez a que nos referimos: la doncella, que no podía explicarse a sí misma satisfactoriamente la conducta de aquel en las últimas horas de la velada, ansiaba ocasión de hablarle, y después de pasar tres largos días en inútil expectativa, resolvió hacer ella alguna diligencia para encontrar a aquel que parecía olvidarla. Era domingo y tales días, en la buena estación, solían las zagalas subir al Moléson en las primeras horas de la mañana para correr y bailar a sus anchuras aprovechando la festividad. Arnoldo había asistido algunas veces a aquellas reuniones matutinas, y no dejaba Ida de tomar parte en ellas siempre que Juan Bautista se hallaba favorablemente dispuesto en el instante de pedirle su permiso. Por fortuna sucedió así el día 27 de junio, y la joven, que no había dormido mucho la noche anterior, saltó del lecho a los primeros gorjeos de las aves que saludaban al alba, y vistiéndose con ligereza corrió a juntarse a la lozana tropa juvenil que iba a emprender la subida al compás de los tamboriles y zampoñas.

Estaba alegre y fresca la madrugada, y las muchachas gozosas y juguetonas como los pájaros que saltaban trinando entre las ramas de los árboles, y como los corderos y ternerillos que triscaban subiendo por las herbosas faldas de la montaña; pero nada alcanzaba a distraer a nuestra heroína de sus amorosas inquietudes, y en medio del regocijo de la naturaleza parecía presentir su corazón que aquel día, que comenzaba tan sereno y tan puro, sería origen para ella de graves e inesperados sucesos.

El Moléson, elevado 1.997 metros sobre el nivel del mar, notable por su forma pintoresca, por sus riquísimos pastos y por las plantas útiles y raras que abundan en él, es además uno de los puntos de más hermosas vistas que pueden gozarse en aquella parte de la Suiza. No lejos de su cúspide se eleva también la del Jomman desde la cual exclamaba transportado el célebre autor del Childe-Harold: «¡Esto es hermoso como la ilusión de un sueño!». En efecto, así en aquella altura como en la del Moléson admira embelesado el viajero uno de los cuadros más grandiosos que puede presentar la naturaleza. La vista se extiende por todo el rico territorio de Friburgo; contempla el de Vaud encajonado entre elevadas cumbres; recorre gran parte del de Berna, Soleure y Neuchatel, con su borrascoso lago; alcanza las amenas orillas del Morat, y siguiendo la inmensa cordillera del Jura, penetra en el Cantón de Basilea; descubre la Saboya y el bajo Valais, y se pierde en el magnífico anfiteatro de los Alpes.

Las vacadas y rebaños de las cercanías cubrían las pendientes de la montaña, y mientras los pastores que las custodiaban se reunían a las jóvenes y preparaban sentados en la yerba un desayuno frugal, Ida de pie en lo más elevado de la cima tendía a un lado y a otro sus afanosas miradas, indiferentes, sin embargo, al soberbio espectáculo que se ofrecía ante ellas. ¡Arnoldo no estaba allí, Arnoldo no aparecía por ninguna de las subidas del monte!

Ida, para quien ningún atractivo tenía ya aquella fiesta campestre, se escabulló sin ser notada en el instante en que se disponía una contradanza, y comenzó a bajar sola y triste por el sendero más corto. Insensible a la fatiga y a los ardores del Sol no hizo la menor parada durante el camino, y apenas podrían ser las once de la mañana cuando se encontró otra vez a la puerta de su casa. Un grito de jubilosa sorpresa se escapó al punto de su pecho: ¡Arnoldo la aguardaba en los umbrales! Hasta aquel momento no había sentido su cansancio la preocupada joven: entonces no pudo resistir a éste y a su emoción, y cayó casi desfallecida en los brazos de su amante. Arnoldo la estrechaba apasionadamente sobre su corazón; pero no articulaba palabra, y era tan singular la expresión de su rostro que ni el observador más hábil hubiera podido decidir si indicaban satisfacción o enojo, placer o dolor, esperanza o pavura.

—¡Cuánto he deseado veros! —dijo por último la doncella—. Dadme el brazo Arnoldo, y entremos en mi casa: necesito sentarme; apenas puedo tenerme. He subido y bajado la montaña en busca vuestra, y aunque estoy acostumbrada a largas caminatas, y el gozo que siento ahora me hace dulce la fatiga, con todo, me encuentro verdaderamente rendido. ¿Qué os habéis hecho? —prosiguió con ternura, mientras subía apoyada en el mancebo la empinada escalera de su morada—. ¿Os ha sido imposible hasta ahora alcanzar permiso del conde para venir a Neirivue?

—¡De hoy en adelante —respondió Arnoldo—, no será menester licencia de nadie para veros! He dejado el servicio del señor de Montsalvens.

—¿Habéis sido despedido, Kessman?

—No, Ida, me he despedido yo: ¿soy acaso siervo del conde? ¿No está a mi arbitrio servir a quien me acomode?

—Parecéis muy alterado, amigo mío: ¿habréis recibido algún injusto castigo?, ¿alguna afrenta? ¿Tuvisteis la desgracia de irritar a vuestro señor?

—No: le he dicho simplemente que no me convenía permanecer más tiempo a su servicio porque iba a casarme.

—¡A casaros!

—De eso quería hablaros.

—¡Arnoldo!, ¡temo que no esté muy en caja vuestra cabeza! ¡Estáis demudado, y luego, decís unas cosas!

El ex paje pasó sus manos por su frente y sus cabellos cual si quisiera borrar todas las señales de la extraña turbación que leía la doncella en su semblante, y dijo luego con acento más tranquilo:

—Sí, Ida, espero obtener vuestra mano, y quisiera hablar hoy mismo a vuestro padre. ¿Sabéis dónde se halla?

—Miradlo venir hacia aquí; pero ¿qué pensáis decirle, Kessman? ¿No estáis persuadido vos mismo de que jamás consentirá?

—Callad, Ida, y dejadme con él; mas no, pronunciad antes que estáis pronta a ser mi mujer si vuestro padre lo aprueba.

—¿Podríais dudarlo? pero decidme vos, en nombre del cielo, Kessman...

Antes de que pudiera terminar su frase la sorprendida joven entró Juan Bautista en la estancia, y al encontrar a su hija sola con Arnoldo frunció su poblado entrecejo, y aun hizo ademán de querer expresar su descontento con alguna ruda palabra, que ya acudía a sus labios, cuando adelantándose el joven, le dijo resueltamente:

—En vuestra busca vengo, señor Keller, necesito hablaros.

—¡Hacedlo pues! —respondió con sequedad el ganadero, sentándose junto a una mesa en la que empezó a desenvolver un gran paquete de pólvora que acababa de comprar.

—Debéis conocer —dijo acercándose Arnoldo, mientras Ida, toda amedrentada, se arrinconaba al extremo opuesto de la sala—, debéis conocer, señor Keller, que hace más de un año que amo apasionadamente a vuestra hija, y no concibo felicidad posible si no alcanzo que me la deis por mujer.

—¡Hum!, ¿qué decís? —pronunció Juan Bautista soltando su paquete y mirando al joven pasmado de su audacia—. ¡Daros por mujer a mi hija!

—Esa es toda mi ambición —repuso aquél, perdiendo visiblemente la serenidad con que comenzó a explicarse.

—Bien lo comprendo —dijo con maligna sonrisa el ganadero—. Ida es hija única de un hombre que puede alfombrar con sus quesos todo el camino de Neirivue hasta el Moléson: pero aunque me hagáis la justicia de creer que no soy ni avariento ni orgulloso, bien podríais conocer que no es posible consienta en entregar mi heredera a quien nada posee en el mundo. No es justo que Ida compre a su marido, ¿entendéis? Hay un antiguo refrán que dice: «Para que un casamiento sea dichoso, es menester que uno de los dos lleve el almuerzo y el otro la comida».

—Eso me parece muy bien —replicó el joven—; pero no presumo que exijáis sea un potentado vuestro yerno.

—No, ciertamente —dijo Séller—; ni un potentado ni un mendigo; ni más ni menos que mi hija; pero sabed, Kessman, que el día que se case Ida llevará por dote a su marido un alpage de primer clase con una sennte de doscientas vacas de las mejores del país, con la añadidura de 300 ducados de Berna en buena moneda de oro.

—¿Os bastaría —dijo Arnoldo—, que esa dote pudiera ser aumentada por el marido de Ida con mil piezas de oro de 32 franken?

—¿Qué duda cabe? —contestó el ganadero, que no sabía qué pensar de todo aquello—. Os he dicho que no ambiciono por yerno un potentado, que me contento con que mi hija no caiga con su dote en manos de un descamisado; esto no lo digo por vos, Arnoldo, no trato de ofenderos en lo más leve. Si se le presenta un partido ventajoso, y por tal estimaría al mozo que comenzase su carrera con mil piezas de oro de 32 franken, no solo lo aceptaría gustoso, sino que hasta aumentaría la dote de la niña con cincuenta vacas más.

—Pues yo venía precisamente a rogaros, señor Keller, que me guardéis en depósito esa suma, que traigo encima y que me pesa sobrado —dijo el joven desenvolviendo su talle de dos anchas fajas elásticas que tenían por entretela lucientes monedas de oro. Las cuales empezaron a caer sobre la mesa a medida que las sacaba su dueño de aquella especie de cárcel.

Juan Bautista, con los ojos desmesuradamente abiertos y atentos los oídos al sonido del metal (pues no se fiaba del testimonio de un solo sentido), miraba sucesivamente a Arnoldo y al dinero, sin acabar de persuadirse con todo eso de que era realidad lo que pasaba a su vista.

—Aquí tenéis mil piezas de 32 franken —dijo Kessman cuando acabó de amontonar delante del ganadero todo el oro que traía—: podéis contarlas si gustáis.

Hízolo así Juan Bautista, mientras su interlocutor, aprovechando el momento, buscó con los ojos a Ida, que alelada con lo que presenciaba desde su rincón, apenas podía decir si estaba despierta o dormida. El joven se acercó a ella, la tocó por la mano, y el ganadero se halló con entrambos enfrente cuando concluyó la cuenta.

—Mira, Ida, mira —dijo transportado—: ¡mil piezas de oro de 32 franken!, ¡de Arnoldo, todo es de Arnoldo!, ¿no es así, mi guapo Kessman?, ¿vuestro exclusivamente?

—Sí, señor Keller; esa suma me pertenece, y si ella os parece suficiente para equilibrar mi posición con la de Ida, los dos os suplicamos ahora que señaléis sin demora el día de nuestra anhelada unión.

—Ningún inconveniente veo —respondió Juan Bautista—; ¿pero sabéis que no hubiera sospechado jamás fuese tan generoso el conde de Montsalvens? ¡Mil piezas de oro de 32 franken!... Creo ahora positivamente, mi querido Arnoldo, que era fundada, exacta la suposición que hacían en el lugar... sí, el señor de Montsalvens es vuestro padre.

—No es el conde de Montsalvens quien me ha hecho ese donativo —repuso el mancebo bajando los ojos y cambiando de color dos o tres veces en un minuto.

—¡No ha sido el conde!... pues mirad, me alegro, Arnoldo; me alegro que no debáis la vida ni la fortuna a ese usurpador de los dominios ajenos. Pero decidnos pronto, decidnos quién es el protector generoso...

Arnoldo le interrumpió diciendo con tanto enfado como descontento:

—Os ruego encarecidamente que no me hagáis pregunta ninguna: debéis comprender que hay a veces circunstancias... circunstancias graves que exigen secreto, y...

—Estoy en todo —dijo Keller—, queriendo prestar a su ancha y mofletuda cara un aire de sutil penetración. Hay mezcladas en este negocio personas de importancia; se sabe que pertenecéis a una noble familia: todos los dicen así, vuestros padres o ilustres parientes os habrán hecho ese regalo para que podáis estableceros; nada más natural; pero en fin, cuando uno no ha nacido con autorización del cura párroco es menester que las cosas se hagan con cierto misterio, sobre todo tratándose de gentes encumbradas. En mi concepto, nada os perjudica, querido joven, nada absolutamente el que seáis... pues; el que vuestros padres no puedan reconoceros públicamente: no por eso dejáis de ser noble y tener derecho a que miren por vos, como ya, a Dios gracias, empiezan a hacerlo: ¡Oh!, yo os aseguro que debéis esperar mucho de la ternura paternal, tanto tiempo reprimida. Decidme solamente...

—¡Nada!, nada sobre este particular, mi amado señor Keller —le interrumpió Arnoldo—; vuelvo a suplicaros que no me hagáis preguntas que me hacen padecer, porque no debo, no puedo responder a ellas. Básteos saber que ese dinero es mío, y tened la bondad de guardarlo, pues habiendo dejado para siempre el castillo de Montsalvens, e ignorando aun dónde he de albergarme esta noche, no quisiera tenerlo conmigo.

—Quedáis desde este instante instalado en mi casa... en la vuestra, hijo mío, pues ya la debéis considerar como propia; ve, Ida, haz que la criada disponga para Arnoldo la salida verde del segundo piso.

La joven obedeció corriendo y saltando de gozo. Las suposiciones de su padre respecto a la procedencia del súdito caudal de su amante, habían parecido a Ida completamente satisfactorias, y cualesquiera que hubiesen podido ser los temores que se le ocurrieran en el primer momento de tan extraordinaria sorpresa, todos quedaron agradablemente disipados, dejando reinar absoluta la seductora idea de que nada se oponía ya a la ventura de su amor; que iba a ser en breve para ella un deber tan dulce como sagrado. Mientras tanto había sacado Keller de un escaparate una bolsa de piel de gamuza, en que guardó el dinero diciendo durante esta operación a su futuro yerno, que la miraba en silencio:

—Puesto que deseáis señalemos hoy el día de la boda y que os quedáis en casa desde luego, creo, mi buen Arnoldo, que lo más pronto es lo mejor, para evitar hablillas y murmuraciones del lugar. Así, pues, id vos ahora mismo a prevenir al cura, a fin de que todo se arregle con la brevedad posible, y yo por mi parte avisaré al escribano y daré parte a los amigos; pues si no lo lleváis a mal celebraremos mañana el contrato y la comida de boda, y al día siguiente, o el último del mes que cumple Ida sus dieciocho años, se puede verificar la ceremonia nupcial.

—Me parece muy bien —respondió Kessman—, y espero que me dispenséis además el obsequio de ser nuestro padrino.

—Sí que lo seré, hijo mío; pero ¡maldita casualidad que se haya marchado hoy al amanecer a Friburgo ese barón de Charmey! Si estuviera en su castillo él y no otro os acompañaría al altar: ¡Oh sí!, es bien seguro que lo haría con mil amores. ¡Pero no está!, me lo ha dicho William esta mañana.

—Renuncio sin pena al honor de tener por padrino a ese personaje —dijo Arnoldo, que aun no había olvidado las atenciones del joven barón hacia Ida—; me agrada más que lo seáis vos, señor Keller.

—Bien, bien, yo os lo agradezco infinito: ¡Eh! he aquí ya bien encerrado vuestro oro: voy a meterlo en mi arca y saldré al instante a cumplir mi parte de diligencias. Marchad vos a casa del cura: ya conocéis el adagio, casamiento y caldo escaldando. ¡Hasta la vista buen mozo!, dadme un abrazo: ¡así!, vendréis a comer en familia, ¿no es verdad?

—Estaré de vuelta antes de una hora.

—Corriente; daréis conversación a vuestra futura hasta las dos o las tres que vuelva yo. La dejo confiada a vuestra honradez; sé que sois un excelente chico y que nada anticiparéis.

Hablando así salió el ganadero de la estancia para ir a guardar los doblones de su presunto hijo, y ansioso de correr enseguida por toda la villa divulgando aquellos sorprendentes sucesos, y asegurando que Arnoldo había descubierto ser hijo natural de un magnate opulentísimo, a quien motivos poderosos obligaron a guardar hasta entonces el más profundo silencio; pero que acababa de reconocerlo, haciéndole por primera demostración de su paternal afecto un regalo de dos mil piezas de oro de 32 franken; pues no ignoraba Juan Bautista que en lo tocante a intereses pecuniarios es asaz general la antigua costumbre de atribuirse el duplo de lo que realmente se posee, siempre que no sea mayor la conveniencia de rebajarlo en proporción del aumento.

Kessman por su parte salió también, menos por ver al cura que por respirar al aire libre, buscar la soledad y entregarse sin testigos a los contrarios sentimientos que se combatían en su alma. Logró en efecto presentarse más tranquilo a la hora de la comida, y sostuvo las conversaciones de la noche con bastante desembarazo; pero cuando se halló solo encerrado en la salita verde que le habían señalado para dormitorio; cuando se volvió a encontrar consigo mismo en el silencio y pavura de la lata noche, esforzándose por conciliar el sueño que tenazmente le huía, entonces, decimos, cambió completamente de aspecto y hubiera causado lástima a su mayor enemigo (si algunos tenía) la deplorable situación de su conturbado espíritu. ¡Oh!, bien se echaba de ver que un recuerdo horroroso, un remordimiento profundo se albergaba en aquella alma. Los descompasados pasos con que recorría el triste recinto de su estrecha estancia, cuyo color sombrío prestaba siniestros reflejos a la lámpara que la alumbraba; los estremecimientos nerviosos que por momentos le asaltaban; la especie de pánico terror con que se asombraba al más leve rumor de la madera que crujía, del gato que saltaba al tejado; la expresión particular de sus ojos y la contracción de sus labios... todo estaba indicando que el malaventurado joven se hallaba muy distante de la serenidad bajo el mismo techo que él de la inocente Ida en su lecho virginal.

Cayó por último de rodillas después de su prolongada y tétrica agitación, y un torrente de amargas y ardientes lágrimas brotó de repente de sus párpados.

—¡Oh Dios! ¡Dios de misericordia! —exclamó con voz ahogada—: ¡ten misericordia de mí!.. ¡he sucumbido al violento poder de una pasión insensata en un momento de delirio y fascinación!... ¡pero no me deseches para siempre!, ¡no me condenes como merezco! ¡Dios mío! ¡Dios mío! —añadía golpeando su frente contra el duro pavimento—: ten piedad de mí, y no permitas que ella participe de mi horrendo castigo, pues no ha sido cómplice, aunque sí causa inocente de mi delito.

Aun permaneció postrado y llorando delante de Dios una gran parte de la noche, y esto pareció calmarle; pues se adormeció un momento cerca de la madrugada, y cuando al despertar al otro día vio su estancia inundada de luz y a Keller que estaba poniendo sobre su velador hermosos ramilletes de flores salpicadas de rocío, que Ida había ido a recoger por sí misma a las faldas de la montaña, y que se las enviaba como primer saludo; cuando oyó cantar las aves y mugir las vacas y sintió por todas partes el movimiento y la actividad de la vida, parecióle que todos sus anteriores pesares no habían sido más que una tormentosa pesadilla, y que salía de ella con nuevo aliento y vigor.

En efecto, el cielo despejado y sereno, la tierra alegre y engalanada con la pompa de la estación y de la aurora, todo contribuía a hacer olvidar las tétricas meditaciones de la noche, y anunciaba que aquel día en que se iban a celebrar los convenios matrimoniales, presidiría dignamente tan faustos preliminares de una próxima ventura.

Arnoldo se sintió gratamente impresionado por las influencias exteriores, y cuando se presentó delante de su amada, su hermoso aunque descolorido semblante había recobrado la natural expresión de apasionada dulzura. Pero bien pronto fue menester separarse: aquel era un gran día; Keller no paraba dando disposiciones para el suntuoso banquete con que, siempre espléndido, había determinado solemnizar la celebración de los contratos. Ida, que esperaba a todas las mujeres del lugar que habían de acudir a felicitarla, tenía que preparar sus galas; Arnoldo, que debía hacer su regalo de boda en el acto de firmarse las capitulaciones, aun no lo había comprado: cada cual, pues, tiraba por su lado, y todo era agitación en la casa del ganadero, que tenía la gloria además de haberla hecho extensiva a toda la villa; pues no había quien no hablase de los acontecimientos ocurridos y de los que debían ser su consecuencia inmediata.

—¿No os decía yo que Juan Bautista Keller era el hombre más afortunado del mundo? —pronunciaba la frescota propietaria de una de las mejores viñas del país, mientras en unión con tres o cuatro vecinas iba colocando por sí misma en un cestón los hermosos frascos de barro vidriado llenos de excelente vino que destinaba por regalo a los novios—. ¡Ya veis!, su hija no se casa con el barón, pero el paje se convierte de pronto en rico caballero para ser su yerno: eso es tener buena estrella, o no las hay buenas en el firmamento.

—Hace mucho tiempo que había oído yo decir que el joven Kessman era noble; pero a la verdad no se me había ocurrido nunca que podía salir siendo hijo de un conde: ¿no dijo Keller que era conde el padre de su yerno?

—¿Conde decías?... ¡príncipe!, a mí me han asegurado que es un príncipe de no sé dónde.

—Tenéis razón, vecina; Juan Bautista es el hijo de la dicha: todavía lo habéis de ver a él mismo, en carne y hueso, hacerse conde y príncipe el día menos pensado.

—¡Callad!, vecina, callad, que hay cosas capaces de hacer dudar de la justicia divina; porque pregunto yo: ¿qué virtudes tan grandes son las de ciertas gentes que en todo son benditas por Dios nuestro Señor?, ¿qué es lo que han hecho para merecer su constante fortuna?... ¡Ay!, otras hay que se consumen trabajando y nunca salen de pobres.

—Vos no podéis quejaros: vuestras viñas prosperan a pedir de boca; ¡pero yo, pobre de mí! yo soy viuda de todo un escudero de buena alcurnia, y aun no he podido reunir un miserable sennte de cien vacas!...

—¿Pues qué decís de mí? —saltó otra—: mi marido era el jefe de los monteros del conde de la Gruyere, nuestro señor, y sin culpa ninguna se ve arrojado del castillo y obligado a ganar el pan guardando los ganados ajenos.

—Mi hijo se hubiera muerto de hambre después que salió del servicio del conde de Montsalvens, si ese buen joven, que Dios bendiga, el baroncito de Charmey, no le hubiera hecho su paje de cámara: por cierto, vecinas, que ha venido a verme esta mañanita; él fue quien me despertó, ¿y sabéis lo que me dijo?

—¿Qué? —preguntaron a la vez todas aquellas comadres.

—Me dijo —prosiguió la otra con tono de confidencia—, que el barón iba a... a... ¿sabéis que lo he olvidado?... Pero debió ser a Friburgo, porque allí es según creo donde se ventilas esas cosas.

—¿Qué cosas, vecina, si no habéis dicho nada?

—¿No lo dije?, ¡ah, si tengo una cabeza!, pues bien; ¿no habéis oído decir que las mejores posesiones que hoy hacen parte de los señoríos de Montsalvens, pertenecen en justicia al joven barón?

—Eso es positivo, y luego que despache este regalo os he de poner también claro los derechos del señor de Charmey sobre los dichos dominios, que podéis jurar en conciencia ser tan suyos como míos estos frascos, mientras no salgan de mi casa se entiende.

—Pues bien; mi hijo dice que el barón ha ido a reclamar lo que le pertenece, y que William, el conserje del castillo, da por seguro que ha de volver triunfante antes de mucho.

—Ya lo creo: si eso no es más que enseñar sus títulos y ya está; lo extraño es que no se le haya ocurrido hasta ahora a ese buen barón el hacerlos valer; pero ¡Dios mío!... ¿qué hora es esta que suena?, ¡las nueve, y a las once se firman los contratos!, dejadme, os ruego, vecinas mías, tengo que mandar mi regalo y que arreglar mi vestido color de escarlata.

—Nosotras también estamos convidadas.

—¡Oh, todo el pueblo!, ese Keller es rumboso: respecto a esto no se le puede tildar.

Las mujeres se separaron para hacer sus toilletes, y en idéntica ocupación se halló una considerable parte de la gente femenina del lugar, hasta que sonaron las once en la gran campana de la iglesia. Entonces los ámbitos de la casa de Keller comenzaron a llenarse de lucida concurrencia. Ida hacía los honores, vestida sencillamente con infinita gracias, y poco después se presentó el ganadero enlazado un brazo al de su yerno futuro, y ostentando sus más lujosos atavíos. Unánime aclamación resonó entonces en la sala, y todos los asistentes se apresuraron a porfía a ir a felicitar a entrambos, y en especial al hijo del opulento príncipe que recibía por primera caricia paternal dos mil piezas de oro de 32 franken. Al mismo tiempo apareció el escribano con las manos cargadas de papeles, y leyó en alta voz la escritura dotal de la novia, en la que declaraba el esposo recibir de su padre político un extenso alpage con doscientas vacas gordas, otro más pequeño con cincuenta, y la cantidad de 300 ducados de Berna en buena moneda de oro.

—¡Viva el rico ganadero! ¡Viva el generoso papá! —exclamaron los testigos—; mientras Keller entregaba a su yerno las escrituras de donación, y en un lindo bolso de seda los 300 escudos mencionados. Nuevos vítores resonaron al ver en manos del joven aquella dote considerable para ser de una villana, y se aumentó el entusiasmo cuando el joven declaró en alta voz que dotaba por su parte a la joven desposada con mil piezas de oro de 32 franken.

—¡La mitad de su fortuna actual! —decía Keller al oído de sus vecinos—: ¡le regala la mitad de su fortuna actual!, ¿pero qué es eso para él?, ¡el hijo de un potentado!

—¡Viva el señor Arnoldo Kessman! ¡Viva el novio rumboso! —decían todos exaltados por aquel rasgo de desprendimiento y de conyugal ternura, y el joven firmó las escrituras entre un concierto de aplausos.

En aquel momento un nuevo tropel de gente invadió la sala de la reunión, y todo ruido cesó, y todas las miradas se preguntaron con lenguaje mudo qué significaba aquello, al notar que los recién venidos eran hombres armados, y traían la divisa de una casa ilustre y poderosa.

—Señores —dijo Keller adelantándose—: ¿Qué buscáis en mi casa armados de este modo en un día de regocijo para mi familia?

—¿No se halla aquí —preguntó el que hacía veces de jefe—, el ex paje Arnoldo Kessman?

—Es novio de mi hija —respondió Juan Bautista—; hele allí, ¿qué queréis de él?

—¡Arnoldo Kessman! —pronunció entonces con atronante voz el hombre armado que capitaneaba a los otros—. En nombre del muy alto y poderoso señor conde de Montsalvens, quedáis preso desde este instante: seguidme, tengo orden de poneros incomunicado en uno de los calabozos del castillo.

—¡Preso! —exclamaron todos asombrados.

—¿Pero de qué delito es acusado este joven? —preguntó todo trastornado el ganadero.

—Se ha perpetrado un robo de la mayor importancia en el castillo de su señoría —respondió con destemplada voz el hombre armado—, y todas las sospechas recaen en ese mancebo. Asidlo vosotros —añadió dirigiéndose a su gente.

—¡No es menester —dijo Arnoldo, adelantándose a ellos pálido como un espectro—: estoy pronto a seguiros!

V

En tanto que como un forajido atravesaba Arnoldo Kessman las calles de Neirivue en medio de la gente de armas del conde de Montsalvens, reinaban el espanto y la desolación en la morada de Keller, teatro un momento antes de tanto regocijo. Ida, desmayada desde que sonaron en su oído las palabras del jefe de la guardia, había sido transportada a su lecho por algunas vecinas caritativas, mientras otras menos sensibles y bondadosas (y entre ellas habremos de colocar a la propietaria de viñas) se apresuraban a alejarse de aquella casa en que había entrado la desgracia, diciendo de paso a cuantos encontraban:

—¿Sabéis la gran novedad que ocurre? el decantado regalo que decían procedente de la mano de un príncipe, padre de Arnoldo de Kessman, es nada menos que un robo verificado por el ex paje en el castillo de su amo. El culpable ha sido llevado a un horrible calabozo y la novia queda moribunda.

—¡Ya veis en lo que han venido a parar los humos de esa familia! —decía otra—. Después de tanta bambolla se ve hoy objeto de burla o lástima para todo el lugar. ¡Bah! ¡Bah!, ¡con el hijo natural del gran personaje!, ¡de qué modo prueba su elevado origen!

—Parece increíble que ese muchacho haya podido cometer un delito tan feo —decían otras personas—: ¡tiene aspecto tan noble y aparenta tan buenos sentimientos!... pero la culpa no es suya, sino de ese codicioso Juan Bautista que se negaba a darle su hija si no se hacía rico. Ya veis: era ponerle en el disparador, porque el pobre chico estaba furiosamente enamorado.

—Lo cierto es —exclamaba suspirando otro ganadero rico, pero mezquino y avariento— que hemos perdido un banquete suntuoso, y otro además que probablemente nos habría dado el despilfarrado papá el día de la boda. Por eso es codicioso Keller, amigos míos, porque rabia por gastar, y distinguirse en el país con sus festines y con sus veladas.

—Es verdad —repetían algunos con no menos mohína—, ¡hemos perdido una comida opípara! ¡Qué lástima que esa maldita gente de Montsalvens no hubiera llegado cinco o seis horas después!

—Pero decid, vecino, qué haríamos para poder saber con todos sus pormenores lo que pase en el castillo y cuanto responde el reo a la acusación que pesa sobre su persona.

—Oíd, yo tengo gran intimidad con el halconero Julián e iré mañana a ronda en torno del castillo hasta que pueda verle y preguntarle todo lo que sepa relativamente a este suceso extraordinario.

—¡Oh!, lo que es por mí nada quisiera saber sino la determinación de Keller en estas graves circunstancias. Él tiene en su poder el dinero robado.

—¡Robado!... aun no sabemos si lo es; no hay que ser ligero al juzgar al prójimo.

—Pero me parece que todas las apariencias...

—Las apariencias, vecina, suelen ser engañosas.

—No lo niego, señor Bull, ¡pero también las apariencias son a veces claras, acusadoras! Arnoldo que no tenía la más remota esperanza de herencia o donativo, deja de repente el servicio del conde y aparece poseedor de mil piezas de oro de 32 franken, al mismo tiempo que se descubre la perpetración de un robo considerable en el castillo de su amo. ¿Qué hemos de pensar en vista de esta notabilísima coincidencia? ¿Es dable no ver la luz cuando brilla delante de nuestros ojos?

—Señor Tomás, nada se pierde con ser circunspecto, aun en demasía, cuando se trata de condenar a un desdichado. Harto rigor ha de encontrar el mísero mancebo en ese rudo conde que sería capaz de hacer ahorcar a la propia madre que lo llevó en su seno.

—¡Sí!, ¡en verdad!, ¡pobre Arnoldo!

—Yo daría de buena gana una tercera parte de mis reses por sacarlo de entre las manos de ese cruel señor, sea culpable o no lo sea.

—¡Oh!, nadie le desea mal: también yo mismo, haría cualquier sacrificio por librarlo.

—Todos lo haríamos; ése es punto aparte; pero en fin, ¿qué hará Juan Bautista con el dinero? ¿Continuará guardándolo a riesgo de ser acusado de complicidad, o se lo entregará al conde?

—Ni una cosa ni otra debe hacer —dijo el anciano Bull—, pues lo que corresponde es depositar la mencionada suma en poder de la autoridad hasta que se averigüe su verdadera procedencia.

Cuando estas y otras conversaciones por el mismo estilo se entablaban entre los vecinos de Neirivue, Juan Bautista ejecutaba exactamente lo que acabamos de ver indicado por el prudente Nicolás. Dejando a su hija en poder de dos o tres amigos había salido para Friburgo a depositar el numerario en cuestión en manos del mismo gobernador, o en las del conde de la Gruyere, que se hallaba también en aquella ciudad.

Durante todas estas cosas y en tanto que la pobre Ida exclamaba sin cesar, en brazos de sus amigas: «¡Arnoldo no es ladrón... es imposible», sin que calmase aquella misma convicción el acerbo dolor que la oprimía, el infeliz que era objeto de tantas murmuraciones, inquietudes y pesares, acababa de ser sepultado en el más oscuro calabozo del feudal edificio que había recientemente abandonado.

—He aquí vuestra morada —le dijo con rudeza su conductor—; el conde no se halla en este momento en el castillo, pues ha sido necesaria su presencia en Friburgo; pero yo estoy encargado de representarle y soy responsable de vuestra persona. Estáis, pues, incomunicado con todos excepto conmigo, y debéis preparaos a responder con entera verdad a su señoría cuando tengáis el honor de ser interrogado por él, si queréis evitaros la cuestión del tormento.

Se retiró aquel hombre al terminar estas palabras, cerrando la única puerta que allí había y dejando al preso en casi completa oscuridad; pues solo recibía luz el calabozo por una mezquina claraboya abierta al extremo de aquel muro sombrío, que tenía tres metros de espesor. Por único recurso de descanso y refrigerio veíase allí un cántaro de agua junto a un montón de paja seca entre la que se agitaban familias de sabandijas de las muchas que se hospedaban pacíficamente en aquella estancia inmunda que estaba por fortuna rara vez habitada. La desesperación del joven era, empero, tan profunda, que ninguna impresión pareció hacerle el repugnante y miserable aspecto del lugar en que se hallaba. Con los brazos cruzados, la mirada fija y ardiente por el fuego de la fiebre, los labios contraídos y la cabeza inclinada sobre el pecho, quedose de pie e inmóvil en mitad de su prisión, semejante a una estatua de piedra en medio de un mausoleo. No nos es fácil decir cuántas horas pasó de aquella manera, ni qué pensamientos tétricos y profundos despedazarían su alma durante aquel triste período de cavilación sombría; solo sabemos que cuando volvió el carcelero a traerle luz y una ración de pan y queso, aun le encontró en el mismo sitio y actitud, haciéndole estremecer el sonido de su voz como si le despertase de un sueño profundo y doloroso.

—Aquí tenéis vuestra comida o vuestra cena, como queráis llamarlo —le dijo poniendo en el suelo el plato y el candil que traía—. Todas las noches recibiréis igual ración, y por las mañanas os renovaré el agua y podréis almorzar algunas patatas o un vaso de leche caliente. Tengo órdenes muy severas respecto a vos, pero no trato de abusar de ellas.

Arnoldo nada contestó; volvió la espalda al alimento que se le ofrecía y fue a echarse sobre el montón de paja que debía servirle de lecho. Allí lloró por fin; allí desahogó su pecho gimiendo toda la noche, y allí vio aparecer el reflejo de luz que filtró, por decirlo así, al través de la claraboya, cuando un nuevo día renovó la vida y el movimiento de la naturaleza. El carcelero se presentó poco después a cumplir lo prometido y a advertirle que su señoría el conde de Montsalvens estaría al día siguiente en el castillo, viniendo expresamente para recibir por sí mismo las declaraciones del preso.

Tampoco esta vez contestó Arnoldo, ni probó bocado del almuerzo que se le traía. Volvió a su inmovilidad y a su cavilación, y nada pudo sacarle de ellas hasta que veinticuatro horas después se presentó de nuevo su guardián a traerle un vaso de leche y a notificarle que dentro de algunas horas comparecía ante el conde. Entonces Arnoldo, que desfallecía ya con su larga abstinencia, tragó rápidamente el vaso de leche y pareció reanimarse.

—Estoy pronto a presentarme a su señoría cuando guste —respondió al carcelero—: pero decidme en nombre del cielo, ¿sabéis algo de la familia del ganadero Keller?

—Me está prohibido responder a ninguna pregunta que me hagáis —contestó su interlocutor.

—¡Bien, pues dejadme!

—Volveré a buscaros cuando lo mande el señor conde —añadió el carcelero—, y se marchó echando al preso una mirada de compasión: el desgraciado se puso entonces de rodillas y oró silenciosamente con todas las apariencias de una constricción sincera.

Aun no habrían pasado dos horas, cuando su guarda, seguido de otros dos hombres armados, vino a buscarle para conducirle a donde le aguardaba su señoría, y Arnoldo los siguió sin articular palabra y con más serenidad que había mostrado hasta entonces.

Sin embargo, vaciló ésta notablemente al verse introducido por sus conductores en la horrible cámara llamada de la tortura, accesorio característico de la época del feudalismo, y del que casi ningún castillo se hallaba privado. El horrible potro ocupaba el centro de aquella pieza abovedada, en la que se veían además otros instrumentos de suplicio.

—Aquí es donde debéis aguardar al señor conde —dijo el carcelero—: su señoría no tardará en venir.

En efecto, una de las angostas y macizas puertas de la pavorosa estancia se abrió rechinando al mismo instante, y entró por ella el conde Montsalvens.

Era aquel personaje un hombre de cuarenta años, alto, flaco, de aspecto adusto y desagradable, echándose de ver que aumentaba entonces la natural rudeza de su fisonomía la violenta indignación de que se hallaba posición. A una seña suya abandonaron la cámara los guardas del preso, y el que se presentaba como su acusador y su juez, pronunció estas palabras:

—Me habéis hecho un robo de grandísima consideración, Arnoldo Kessman, sería en balde negarlo; estáis convicto.

El joven guardó silencio, y el conde continuó, esforzándose por reprimir su cólera.

—Malignas sugestiones os persuadieron sin duda de que sería para vos de alguna conveniencia sustraer esos objetos de imponderable valía para mí; pero aun pudiera perdonaros y concederos mayor utilidad de la que creáis encontrar poseyendo lo que me habéis robado, si ahora mismo me hacéis su devolución o declaráis el paraje en que lo habéis ocultado. ¡Qué!, ¡nada respondes, miserable! —exclamó dando sueltas a su furor al ver que el preso proseguía callando—. ¿No confiesas haberme robado?

—Sí señor, lo confieso —pronunció Arnoldo bajando los ojos, y apoyando su espalda contra la pared para no caer en fuerza de su dolorosa emoción.

—¡Pues bien! decid al punto dónde ocultáis el robo.

—No lo oculto en parte alguna, señor conde.

—¿Lo tenéis por ventura aquí? —exclamó su interlocutor, animado por lisonjera esperanza.

—No, señor conde.

—¡Se lo habéis dado a alguien, miserable! ¡Hablad!, ¿se lo habéis dado a alguien?

—Sí, señor conde.

—¡Ah! ¡sí, ya lo suponía yo, infame bastardo! —gritó Montsalvens fuera de sí—; ¡estabas confabulado con el barón de Charmey y has robado mis papeles para entregárselos, y en unión con él despojarme de mi hacienda!, ¡herirme en mi honra!... Pero estás entre mis manos, y yo te juro que no te dejaré disfrutar los provechos de tu traición.

—Señor conde, yo os juro también —dijo el joven—, que estáis hablando en un supuesto falso. Solo una vez en mi vida he visto al barón de Charmey, por casualidad en una fiesta, y nada sabe su señoría de los papeles que según decís contenía aquella caja.

El conde clavó con incredulidad sus penetrantes ojos en los del joven, y después de un instante de silencio, durante el cual procuró concentrar su violento despecho, dijo con fingida calma:

—¡Arnoldo!, si decís verdad, aún pudiéramos entendernos; aún pudiera yo perdonaros. Si no están todavía en manos de mi enemigo esos importantes documentos; si os halláis pronto a devolvérmelos hoy mismo, al instante, porque luego sería tarde, en ese caso yo os empeño mi palabra de que conseguiréis, no solamente lo que os habéis propuesto al posesionaros de ellos, sino que os daré además notables testimonios de mi agradecimiento. Alguien os ha informado de lo que contenían aquellos papeles, antes de que os resolvieseis robármelos; si no fue el barón personalmente no cabe duda en que sería algún agente suyo, y porque sabe que ya me habéis desposeído de tan poderosas armas, se atreve a hacer valer derechos olvidados. Pero vos no podéis anhelar que quede arruinado el hombre a cuyo lado habéis vivido veinte años; no podréis dar un ejemplo de tan horrenda ingratitud. Leo en vuestro semblante que os hayáis arrepentido y que me restituiréis al punto esa caja inapreciable en la que se encierra mi destino.

—¡Oh!, ¡creedlo, señor conde! —exclamó el joven prorrumpiendo en llanto—; quisiera haber muerto antes que cometer ese delito; daría mi sangre por haceros la restitución que deseáis, puesto que, según decís, encerraba aquella malhadada caja papeles que os interesan tanto; si lo hubiera sabido...

—¿Pues no lo habéis comprendido al leerlos? —exclamó el conde volviendo a enfurecerse—. ¡Decid, desventurado!, ¿no visteis que esos papeles eran mi única defensa para no ser desposeído, arruinado?

—No sé nada; no he abierto vuestra caja —respondió el mancebo—; según la tomé de vuestro escritorio, así la pasé en manos de aquel que me la había pedido.

—¿Luego es falso lo que asegurabas?, ¡vil hipócrita!, ¿luego el barón posee ya, o ha destruido, esas pruebas de su deshonra?

—Os vuelvo a decir, señor conde, que nada tengo que ver con el barón, jamás le he hablado.

—¿A quién, pues, disteis la caja? —prorrumpió Montsalvens espumado de cólera.

—No puedo decirlo —respondió estremeciéndose el acusado—. Eso es un misterio horrible, señor conde.

—¿No puedes decirlo?, miserable ladrón. ¡Oh!, lo dirás; yo te lo aseguro: lo dirás cuando te lo pregunte de otro modo. ¡Hola! —gritó aproximándose a la puerta donde habían salido los hombres que acompañaron a Kessman—. Venid a tender en el potro a este reo inconfeso.

—¡Deteneos! —dijo el joven adelantándose todo trémulo—: diré lo que deseáis, puesto que es un secreto que a nadie más que a mí puede dañar: sí, todo lo sabréis, señor conde.

Volvió éste a acercarse despidiendo a los ejecutores que ya aparecían en el umbral de la puerta, y el desventurado joven habló así:

—Yo amo a una joven del país, cuyo padre había dicho muchas veces que no la concedería jamás por mujer a un hombre privado enteramente de bienes de fortuna.

—¡Y bien, qué! —dijo impaciente el conde.

—Y hay una tradición popular —prosiguió Arnoldo con voz ahogada—, que asegura que en la noche que antecede al día de San Juan... ¡Oh!, ¡señor conde, tened piedad de mí!, ¡es horroroso lo que voy a deciros!

—¡Acabad! ¡Acabad! —gritó Montsalvens, golpeando impaciente el pavimento con sus descomunales pies.

—Existe a poca distancia de Neirivue —articuló Arnoldo estremeciéndose—, un lugar que llaman el camino de Eví, y la tradición afirmaba que el diablo aparecía allí a la mitad de la mencionada noche, y enriquecía al individuo que osaba esperarlo en un paraje oscuro y cubierto de helecho.

—¡Miserable! ¿Me venís ahora con cuentos de viejas?

—No, señor conde, esto no es un cuento, porque yo... yo estuve la víspera de San Juan en el camino de Eví.

—¿Y qué tiene que ver eso con el robo que me hicisteis?

—Que el diablo, señor conde, el diablo mismo fue quien me sugirió aquel crimen. Sí, su voz ronca y terrible llegó a mis oídos en medio de la oscuridad de aquella noche pavorosa. «Arnoldo Kessman, me dijo, tú no vienes a pedirme la posesión de un trono o de feudales dominios: solo anhelas una mujer, y para que la obtengas me basta hacerte un modesto donativo. No seré por tanto exigente contigo: no te pido tu alma, solo reclamo una señal de tu valor y obediencia. El conde de Montsalvens, tu amo, guarda en su castillo una cajita de preciosas maderas enchapada de plata, y en ella cincelada una corona de conde y las iniciales del nombre de una casa ilustre que no es la suya. Esa caja contiene papeles que son míos; sí, solo el diablo tiene derecho a ellos. Es menester que descubras el sitio en que se encuentra esa alhaja; que la sustraigas, y que dentro de tres días, a esta misma hora, me la traigas a este sitio. En cambio de ella tendrás al instante mil piezas de oro de 32 franken. Guárdate empero de abrirla, porque si lo haces quedas desde aquel instante siervo del infierno para siempre, y yo no quiero en mis dominios sino a los que conquistan su entrada con hechos más funestos y trascendentales. ¡Oh! ¡señor conde! —prosiguió el joven sollozando—; cuando salí de aquel horrible lugar, me hallaba resuelto a no cumplir las condiciones del diablo, a renunciar como debía su ominoso donativo; ¡pero... él lo tenía todo dispuesto para tentarme! La noche del 25 de junio os dormisteis poniendo bajo la almohada la llave del escritorio cuyas señas me había dado el maligno. Aquella llave estaba al alcance de mi mano... vuestro sueño parecía profundo... ¡Oh!, ¡perdonadme!, caí en la tentación, señor conde, y Satanás recibió la noche siguiente el objeto que deseaba.»

—Estás loco, desdichado —dijo el conde—, o eres el más vil de todos los embusteros del mundo.

—No estoy loco ni miento —repuso el joven cada vez más desolado—: toda la villa de Neirivue sabe que después de aquella aciaga noche soy poseedor de mil piezas de oro de 32 franken: tal fue la recompensa que me dio Satanás por la villana conducta que tan justamente estoy expiando.

—Me robarías esa suma, infame, cuando me robaste los papeles: no presumas engañarme con tus cuentos de bruja. ¡Mi caja! ¡Mi caja al punto o te hago sufrir tortura!

—Haced lo que queráis —respondió Arnoldo con dolorosa resignación—. He dicho la verdad; pero soy culpable, matadme.

—¡Oh! ¡Sí! Yo te juro que ha de hallar Charmey regados con tu sangre los dominios de que me despoje: te juro sembrar con tus miembros despedazados el camino triunfal por donde vaya a tomar posesión de los bienes que ambiciona. ¡Me has perdido, miserable bastardo! pero no has de triunfar con el malvado de quien eres cómplice: no quedará sin venganza el conde de Montsalvens cuando quede arruinado por tu alevosía. ¡Hola! ¡Corred, echad en el potro a este bandido! —dijo a los tres hombres que acudieron presurosos a su primer llamamiento—. Atormentadlo sin piedad hasta que confiese dónde ha ocultado el robo.

Los que recibieron esta inhumana orden no anduvieron tardos en ejecutarla, y ya habían asido al desdichado Arnoldo para comenzar la tortura, cuando un ruido extraordinario se hizo sentir en todo el castillo, y el conde y los ejecutores de su sentencia oyeron con asombro estas palabras pronunciadas por atronante voz:

—En nombre del emperador, llévanos a la presencia del conde de Montsalvens.

El conde hizo una señal de que se suspendiese la tortura del reo, y se adelantaba precipitadamente hacia la puerta por donde entró antes, cuando apareció en los umbrales de ella un oficial austriaco al frente de un piquete de soldados, y llevando a su lado al barón de Charmey.

—Señor conde —dijo el primero—: advertido el gobernador de Friburgo por el señor barón de Charmey, que se halla presente, de que un vasallo de dicho señor ha sido preso por orden vuestra y se halla en este castillo, me envía para sacarlo de él, advirtiéndoos que si alguna reclamación tenéis que hacer contra el joven Arnoldo Kessman, lo verifiquéis de la manera y en los términos que corresponden.

—El gobernador ha sido engañado —dijo el conde lanzando sobre el barón iracunda mirada—: la persona de quien se trata está a mi servicio, y nada tiene que ver con el señor de Charmey.

—Vuestra señoría es quien se equivoca —respondió este—: Arnoldo Kessman ha nacido en mis dominios, y en el momento en que se verificó su captura no pertenecía a la servidumbre del señor conde de Montsalvens.

—¿Decís que ha nacido en vuestros dominios? ¡Probadlo! —exclamó el de Montsalvens con inexplicable sonrisa.

—Estoy pronto a ellos —dijo tranquilamente el barón—; pero antes quisiera que su señoría me concediera dos minutos de secreta conferencia, pues me parece que quedaría convencido, y que este negocio se terminaría sin necesidad de entrar en ciertas cuestiones enojosas.

No sé qué esperanza maligna animó al oír estas palabras la sombría fisonomía del señor de Montsalvens; pero lo cierto es que se apresuró a complacer al de Charmey, rogando a todos los presentes se sirvieran pasar a la sala inmediata.

—El acusado puede quedar —dijo el barón—; lo que tengo que deciros le interesa especialmente.

Arnoldo que nada comprendía aun de cuando estaba pasando, tenía fijos en el joven Charmey sus grandes y melancólicos ojos con indescriptible afán. Éste, apenas quedaron solos, dijo con dignidad, después de cerrar por sí mismo todas las puertas:

—Señor conde, la villa de Neirivue acusa a este mancebo de haberos robado mil piezas de oro de 32 franken; pero en el momento en que tengo la honra de hablaros, se está desmintiendo como es debido tan vil calumnia por todos mis agentes, a quienes he dado el expreso encargo de divulgar la verdad, restableciendo la buena reputación que merece el acusado. Las mil piezas de oro que posee Arnoldo Kessman se las he regalado yo.

—¡Vos! —exclamó el joven estupefacto.

—Habéis pagado con ellas —dijo furioso el conde—, la caja que me robó por sugestiones vuestras.

—Esa caja no os pertenecía, señor conde —repuso sin alterarse Charmey—; no podéis acusar de robo a este mancebo, porque aunque llegarais a probar hasta la evidencia que se había posesionado de los papeles que contenía la mencionada caja, él pudiera probaros también con ellos mismos que eran propiedad suya que vos injustamente le reteníais:

—¡Oh! ¡Que lo haga! ¡Que lo haga! —exclamó con feroz alegría su interlocutor—; aconsejádselo vos, barón de Charmey. ¡Eso es precisamente el contenido de esos papeles! Yo os desafío a que lo ejecutéis.

Sonrióse el barón y contestó:

—Os comprendo, señor conde, pero veo al mismo tiempo que tenéis poca memoria, así como antes he podido conocer que no poseéis toda la prudencia y sagacidad que os suponía. Olvidáis que no es necesario presentar todos los papeles que encierra la caja para probar al mundo que es propiedad de Arnoldo Kessman. Entre las cartas que con laudable intención guardabais tan cuidadosamente, tuvisteis la indiscreción de dejar otras de distinta letra, firmadas con otro nombre, y en ellas consta, en primer lugar, que la caja y todo lo contenido en ella se os dejaba en depósito, en sagrado depósito para que se lo entregaseis a este huérfano cuando cumpliese los veinte años: en segundo lugar, consta también en ellas, recordadlo, que como de aquellos papeles se os dejó depositario también de la considerable suma de cinco mil piezas de oro de 32 franken, de las cuales sois deudor a este joven todavía.

Palideció el conde mientras hablaba su contrario, y tembló de pies a cabeza al oír la conclusión de su discurso.

—¡Y bien! —dijo con sofocada voz después de un instante de meditación—: ¡Habéis vencido, barón de Charmey! Me arruinaréis, me quitaréis la honra, pero la vuestra no ha de quedar intacta. Lo que no puedo probar con papeles lo divulgaré a gritos por toda la Helvecia.

—Poco crédito puede alcanzar un hombre que queda infamado —respondió mordiéndose los labios el joven Charmey—. Después que os hayamos probado que sois un ladrón, señor conde, nadie tendrá dificultad en creer que seáis también un calumniador, y yo tengo una espada para sostenerlo. Pero no [es] eso lo que ahora deseo: lleváis, aunque indignamente, un nombre ilustre que quiero respetar yo, y me interesa que no salgan jamás de labios como los vuestros otros nombres que respeta todo el mundo. Atended, pues, a lo que voy a deciros. En este instante se está pronunciando un fallo que va a arrancaros los vastos dominios que me usurpasteis: yo os dejo, si queréis, para que no sea completa vuestra ruina, os dejo en tranquila posesión de la herencia de este joven, obligándome a resarcirle de su pérdida. Nada sabrá el mundo de la infame conducta que habéis observado reteniendo el patrimonio de un huérfano confiado a vuestra tutela, y vos, por vuestra parte, jamás pronunciaréis sin veneración los ilustres nombres de aquellos cuyos secretos sabéis. El día que os atrevierais a faltar a esta condición fundamental, arrojaría yo las cartas del padre de este joven a la faz del orbe, y a vos os cerraría la boca con una bala.

Rugió Montsalvens como el tigre encarcelado; pero aceptó las proposiciones de su contrario.

—¡Habéis vencido! —repitió con ahogado acento—; ¡mandad!, os toca a vos ahora.

—Pues bien; quedamos convenidos —añadió—; solo falta que salgáis a decir en alta voz a todos vuestros domésticos que quedáis completamente satisfecho de la inocencia de Arnoldo, que lamentáis la ligereza de vuestra conducta, y que deseáis que se divulgue por todo el país la verdad de estos hechos.

—¿Eso más? —dijo el conde con amarga sonrisa.

—El honor de este mancebo lo pide, señor de Montsalvens.

—¡Bien! —dijo el conde—, y salió con precipitación.

Entonces Kessman, que de todo aquello solo había comprendido claramente que debía al barón la libertad y la honra, se precipitó a sus plantas exclamando:

—Con nada podré pagaros jamás lo que por mí habéis hecho, señor de Charmey; pero decidme en nombre del cielo si en efecto os debo a vos el dinero que me dieron en el camino de Eví, o si solo lo habéis dicho para evitarme el remordimiento y la mengua de haber recibido un donativo del diablo.

—Podéis estar perfectamente tranquilo, mi querido Arnoldo, —le respondió su salvador con visible emoción—. Ese dinero ha salido de mi bolsillo para pasar al vuestro. Vos erais paje de cámara de un hombre que guardaba, como ya habréis comprendido, papeles que comprometían el honor de una familia: pensé en que podría sustraerlos por vuestra mediación, y aprovechando las favorables circunstancias de aquella antigua tradición y del anhelo que debíais tener por adquirir dinero, imaginé el ardid que tan felizmente me ha salido. Entonces, Arnoldo —añadió el joven caballero más conmovido aún—, ignoraba yo mismo lo que sé ahora por aquellos documentos: ignoraba que al quitárselos al conde no hacíais más que tomar lo que era vuestro.

—Pero si eran míos esos papeles —observó Kessman—, ¿por qué os interesaba tanto el conquistarlos vos, señor de Charmey?

—¡Escuchad, Arnoldo! —dijo el barón bajando la voz que su emoción hacía trémula—. Una dama de elevada clase, cuyo marido se hallaba ausente, tuvo la desgracia de inspirar una pasión tan invencible como la que sentís por Ida Keller a un caballero ilustre, que para mayor desventura supo además hacerse amar. Sí, el tirano sentimiento que os hizo aceptar un donativo infernal en vuestro concepto, fue también poderoso en el alma de aquellos dos desgraciados. ¡Todo lo olvidaron, Arnoldo! Pero volvió el esposo; los culpables hubieron de separarse para siempre, y poco después murió uno de ellos en brazos del conde de Montsalvens, que era su amigo y su deudo. Quedó en poder de ese malvado un niño infeliz, fruto de aquella pasión infausta, y con este sagrado depósito que le hiciera un padre moribundo, recibió también los papeles, cuya existencia ignorabais. Muchos de ellos eran cartas de amor; cartas trazadas con tanta pasión como imprudencia por la mano de una mujer: ¡firmadas con su nombre! Otros eran escritos del amante dirigidos a su confidente y amigo; por ellos he sabido que vos sois, Arnoldo, aquel huérfano confiado a la tutela del indigno sujeto en cuya casa habéis ocupado el lugar de un criado: en ellos también consta que vuestro padre os dejaba en manos de ese infiel depositario una parte de sus caudales. Pero nada de esto sabía cuando anhelaba la posesión de aquellos documentos: entonces solo pensaba en arrancar de manos de un infame las pruebas del deshonor de una respetable familia; porque el que las poseía, Arnoldo, había hecho de ellas un arma para proteger sus usurpaciones; ¡sí! era bastante bajo para decirme: «El día que me reclaméis los bienes que os he quitado, ese mismo divulgaré los secretos que poseo; removeré las cenizas de la desgraciada que ya no existe, y arrancaré a su memoria el usurpado respeto que la acompañó a la tumba».

—Me estáis descubriendo la más inaudita bajeza —dijo Kessman—, y os rindo infinitas gracias, señor barón, por haber salvado el honor de mi madre, haciéndome instrumento de vuestro designio; pero permitid que os diga que aun no comprendo el interés personal que en todo esto tenéis: no, no alcanzo el motivo que os puede hacer tan precioso el buen nombre de mi familia que por conservarlo habéis dejado al conde en tranquila posesión de vuestros dominios.

—¿No lo habéis comprendido todo, Arnoldo? —repuso el barón reteniendo con dificultad una lágrima que asomaba a sus párpados—: ipues bien yo voy a explicarlo! Sabed que no es común a los dos el sagrado deber de conservar sin mancha el nombre de aquella que os dio la vida, porque... itambién en su seno comenzó la mía!

—iSois mi hermano! —exclamó transportado Arnoldo.

—iMás abajo!... —respondió Charmey—: ivenid a pronunciar ese nombre sobre mi corazón, hermano mío; ipero después olvidadlo! Este sacrificio nos impone a entrambos el respeto debido a nuestra infortunada madre.

Los dos jóvenes se precipitaron uno en brazos de otro y confundieron sus lágrimas en aquel largo y tiernísimo abrazo; pero al mismo tiempo llegaron a sus oídos estrepitosas aclamaciones que resonaban en torno del castillo.

—iViva el barón de Charmey! iViva Arnoldo Kessman! —repetían innumerables voces.

El oficial austriaco se presentó en aquel mismo instante en la estancia en que se hallaban los dos hermanos.

—Señor barón —dijo—, el conde de Montsalvens me ha manifestado quedar perfectamente satisfecho de la inocencia de este mancebo, y según tengo entendido, su novia y los vecinos de Neirivue acaban de llegar a las puertas de este castillo clamando por vos y por él. Vengo, pues, a felicitaros con todo mi corazón, y a advertiros que me vuelvo a Friburgo con mi gente.

—Señor oficial —respondió el barón—, acepto con gratitud por mí y por mi protegido vuestro cordial parabién; más rechazo vuestra despedida. Sabed que este joven fue preso el mismo día que celebraba sus contratos matrimoniales, según supe en Friburgo por su padre, al cual he dado mis instrucciones, a fin de que podamos terminar hoy mismo, en el castillo de Charmey, los interrumpidos regocijos. Me creo con derechos de ser preferido para padrino de la boda y os convido a presenciarla esta noche. Mañana, más descansada vuestra gente, podréis volveros a Friburgo.

El oficial se inclinó en seña de asentimiento, y Arnoldo hizo otro tanto para besar la mano del barón, que le dijo entonces:

—Vamos, amigo mío, a abrazar a Ida (espero que me lo permitiréis sin tener celos esta vez), y a advertirle a Juan Bautista que debe añadir a los contratos la cláusula de que aportáis al matrimonio cinco mil piezas de oro de 32 franken de las que me reconozco deudor. Yo me reservo el derecho exclusivo de disponer los festejos de las nupcias, y os advierto desde ahora que una de las novedades con que quiero obsequiaros será la iluminación del camino de Eví, adonde hemos de ir en caravana a cortar el helecho para alfombrar la capilla en que recibáis la bendición.

Los vecinos de Neirivue lograron en aquel instante ganar por asalto las puertas del castillo, y entrando en tumulto se apoderaron de Arnoldo para llevarlo en triunfo a los brazos de su Ida...

En toda la villa de Neirivue y aun en otras muchas del contorno fueron objeto de conversación para el resto del año las suntuosas bodas de Ida Keller con Arnoldo Kessman, y los populares regocijos que siguieron a aquéllas con motivo del completo triunfo del joven barón de Charmey, puesto en posesión de los pingües dominios que le había usurpado hasta entonces el aborrecido conde Montsalvens.

No falta tampoco quien nos asegura que al año siguiente, en la noche de la Velada del helecho, ocurrió un nuevo motivo de la alegría, cual fue haber dado a luz felizmente la esposa de Kessman un hermosísimo infante, a favor del cual repitió el barón de Charmey, en el acto de su aparición en el mundo, el donativo del diablo.

Fin

Libros a la carta

A la carta es un servicio especializado para

empresas,

librerías,

bibliotecas,

editoriales

y centros de enseñanza;

y permite confeccionar libros que, por su formato y concepción, sirven a los propósitos más específicos de estas instituciones.

Las empresas nos encargan ediciones personalizadas para marketing editorial o para regalos institucionales. Y los interesados solicitan, a título personal, ediciones antiguas, o no disponibles en el mercado; y las acompañan con notas y comentarios críticos.

Las ediciones tienen como apoyo un libro de estilo con todo tipo de referencias sobre los criterios de tratamiento tipográfico aplicados a nuestros libros que puede ser consultado en Linkgua-ediciones.com.

Red ediciones edita por encargo diferentes versiones de una misma obra con distintos tratamientos ortotipográficos (actualizaciones de carácter divulgativo de un clásico, o versiones estrictamente fieles a la edición original de referencia).

Este servicio de ediciones a la carta le permitirá, si usted se dedica a la enseñanza, tener una forma de hacer pública su interpretación de un texto y, sobre una versión digitalizada «base», usted podrá introducir interpretaciones del texto fuente. Es un tópico que los profesores denuncien en clase los desmanes de una edición, o vayan comentando errores de interpretación de un texto y esta es una solución útil a esa necesidad del mundo académico.

Asimismo publicamos de manera sistemática, en un mismo catálogo, tesis doctorales y actas de congresos académicos, que son distribuidas a través de nuestra Web.

El servicio de «libros a la carta» funciona de dos formas.

1. Tenemos un fondo de libros digitalizados que usted puede personalizar en tiradas de al menos cinco ejemplares. Estas personalizaciones pueden ser de todo tipo: añadir notas de clase para uso de un grupo de estudiantes,

introducir logos corporativos para uso con fines de marketing empresarial, etc. etc.

2. Buscamos libros descatalogados de otras editoriales y los reeditamos en tiradas cortas a petición de un cliente.

www.ingramcontent.com/pod-product-compliance
Lightning Source LLC
Chambersburg PA
CBHW021938170626
46807CB00007B/3177